U0076259

張小嫻

AMY CHEUNG

愛情王國

張小嫻散文精選

SELECTED PROSE OF AMY CHEUNG

謝謝你離開我。

當愛情缺席的時候，學著過自己的生活。

過自己的生活，就是跟自己談戀愛，把自己當成自己的情人那樣，好好寵自己。

CONTENTS

1 你愛我嗎?

2 愛情終究是經營不來的

3 我愛過，所以我活過

4 心中的答案

LOVE
YOU

1

PART ONE

你愛我嗎？

四肢在戀愛。

戀愛的時候，我們的四肢也在戀愛。
愛情的感覺，由胸膛蔓延到兩條手臂和兩條腿。
你曾經有過這種經驗嗎？
手找到了幸福，
腳找到了安寧。
手觸摸到柔軟的pashmina，
腳踏在浪漫的Paris。
手抱著溫暖的枕頭，
腳踏在軟綿綿的地毯上。
手觸摸到星晨，
腳離地升起，
手裡拿著一本最動人的書，
腳踏在堅硬的地上，實在而有安全感。
手摸到烏溜溜的長髮，
腳踏在雪花覆蓋的地上，雖然有點冷，卻是這年冬天的第一場雪。

手抱著盛放的花，

腳走在青青草地上。

手指愉快地跳舞，

腳悠閒地打拍子。

手牽著他的一雙手，怎也不願放開，

腳勾住他的腳，兩條腿纏在一起。

四肢都和主人一起戀愛了，怪不得當主人失戀的時候，四肢也會悲傷得失去所有氣力。

你愛我嗎？

這四個字，向來是最難開口的。我們在心裡想了百千遍，將要開口的時候，還是覺得靦腆。

「你愛我嗎？」這句話，不能說得太早，也不能說得太遲。說得太早，會影響全局，說得太遲，已經沒用了。

熱戀的時候問對方：「你愛我嗎？」他便知道你已經愛定他，從此以後，你們的關係就是你愛他多一些。

他不愛你了，你含淚問他：「你愛我嗎？」是不是已經問得太遲？有些事情，太遲才去問，只會顯得有點笨。

在床上問他：「你愛我嗎？」那麼，你也許是個膽小的女人，這個時候，有哪個男人會笨得回答說不愛？

事後才問他：「你愛我嗎？」也是問得太遲了，這個時候問來有什麼用？

自己遇到大挫折，或是出了意外，下半生需要他照顧，才問他：「你愛我嗎？」是有點自私。

有了他的孩子，才問：「你愛我嗎？」你以為你還是小孩子嗎？

你問得也是太遲了。

什麼時候該問？能問的時候畢竟不是太多，也許，該在他愛你愛得最深的時候問他：「你愛我嗎？」

不能肯定的時候，問來幹嘛？

愛情如煙花。

愛情不是陽光，空氣和水。

它不是必需品。

然而，它就像夜空上絢爛的煙花。

煙花不是必需品，每個人卻都想看一回煙花。

一天，當一個人看過了夠多的煙花，也已經看出了煙花的絢爛只是一瞬間，然後就散落，甚至是虛幻的，騙人的，他幽幽地轉過身去，把那片寂寞的天空遺落在背後，從此不再那麼想看煙花了，但他心中的那片天空畢竟是點亮過的。他邂逅過煙花。

是的，一個人也可以，但是，要有兩個人才會甜蜜。

一個人也可以，但是，要有四片嘴唇才可以親親。

一個人也可以，但是，要有兩個人，兩雙手和四條腿才可以變化出許多不同的擁抱，可以飛抱，熊抱，腰後抱，親嘴抱，用盡全身氣力的狠狠抱。

一個人也可以，但是，要有兩個人和兩顆腦袋，你才可以把腦袋靠到另一顆腦袋上睡一會。

一個人也可以，但是，要有兩個人，兩張嘴和兩個自我才吵得成。吵完後，你才會知道你有多麼愛他，多麼想念他，多麼害怕失去他，又多麼痛恨自己不肯為他把自我縮小。

一個人的愛情也是愛情，你可以一直愛著一個人而永遠不讓他知道，把這個秘密埋藏在心底。

但是，你也深深知道，兩個人的愛情圓滿些，兩個人的遺憾也繾綣些。

家庭是兩個人或更多人的事，愛情卻是一個人的事。不管你愛過幾個人，不管你看過幾回煙花，愛情終究是自我追尋，自我認識和自我完成的漫漫長路。

然而，這一個人的事，是要有另一個人去成全，就像煙花需要一片夜空。

愛情不是陽光，空氣和水。它不是必需品。
然而，它就像夜空上絢爛的煙花。煙花不是必需品，每個人卻都想看一回煙花。

感性。感動。感覺。

在一場演講會上，有觀眾問我，以下三種男人，如果只能選一種，你選哪一種？

感覺。

感動。

感性。

我不會選感性的男人，男人感性是好的，百分百感性卻令人吃不消。男人，還是應該理性一點，理性的男人比較有安全感。

我會選擇令我感動的男人。

因為愛我，他做了許多讓我感動的事情。

我自問可以做很多讓男人感動的事情，但你知道那是多麼疲倦的嗎？

看到他那陣子不太開心，你挖空心思買一份小禮物送他，去選禮物，也要花好幾天，還要擔心他不喜歡那份禮物。

他家裡有事，他爸爸或是媽媽生病了，他沒空照顧他們，你便要負起這個責任來感動他，你對自己爸爸媽媽還沒有這樣好呢。

他工作太忙，沒時間開支票，沒時間找房子，沒時間搬家，沒時間到銀行，沒時間買日用品，你替他一一辦好，儼如他的秘書和菲傭，他很感動，你卻累得要死。

不如，從今以後，由他來感動我，我樂得做個鐵石心腸的女人。至於你問，讓你有感覺的男人又如何？

曾經，好想擁抱一個人，感謝他為我所做的一切，那一刻，也許大家都有感覺，然而，只要冷靜一下，感覺轉瞬即逝。感覺，是靠不住的，難以永恆。

真的讓你愛上了又怎樣？我們一生之中可以愛上超過一個人，我們卻只能夠與其中一個人終老。

女人的花冠。

許多女人都玩過這個明知故問的「遊戲」：你知道這個男人喜歡你，他看你的眼神總是含情脈脈。他什麼都搶著替你效勞。他隨傳隨到，不傳也到。他愛跟你消磨時光。他每晚都打電話來跟你聊天，好像一天裡就是等待這一刻……然而，他卻從來不說喜歡你。

一天晚上，他又「準時報到」，在電話裡跟你天南地北。你們說著說著，到了夜闌人靜的時候，話題繞到了愛情。在你「誘導」下，他有意無意地掉進了你設下的「陷阱」，終於，他羞澀地向你坦承，他喜歡了一個女孩子。

你明知道他說的是你，你偏偏裝著不知道，問他：

「是誰呀？」

他結結巴巴地說：「你是知道的。」

你笑了笑，說：「你不說，我怎會知道？」

他靦腆地重複一遍：

「你這麼聰明，一定猜到我說的是誰。」

但你就是不肯猜，非要他親口說出來不可。要是他連表白的勇氣

都沒有，就不配愛你。

終於，他情深款款地說：

「我喜歡你。」

就在他剖白的那一刻，你對著電話筒甜甜地笑了。

和他玩這個遊戲，只是想聽他說愛你。這是女人小小的虛榮，這小小的虛榮的一刻，是愛情放在一個女人頭頂上的美麗花冠，在記憶中永不凋謝。

一個愛你的男人。

要知道一個男人愛不愛你，那還不容易嗎？

愛你的那個人會給你尊嚴。

什麼樣的尊嚴？

他讓你覺得自己高貴。

他讓你覺得你在他的世界裡是最重要的。你的地位不會排在他的事業之後。

他不會要你每天等他的電話，卻從來不說什麼時候會打來，也不說會不會打來。

約會之後，他不會放心你獨個兒回家。不管已經多晚，也不管你住得多遠，他會陪你走那段回去的路。

他不會讓你總是孤伶伶地等他回家。

他不會認為你的工作比不上他的工作重要。

他肯定你的工作能力，支持你為夢想奮鬥。他不介意常常要等你下班等到很晚。

他不會要你為他放棄工作。

他不可以忍受他的朋友批評你和對你不好。他會跟這些朋友絕交。

他不會在你面前盯著另一個女人看，也不會對著你不停稱讚另一個女人的美貌和智慧。

上床之後，他不會要你出去買點東西回來給他吃。

上床之後，他不會趕忙穿上褲子回家去。

他讓你相信，你是他今生最幸福的際遇。

他把悲傷留給自己，把癡心留給你。

掌心裡的小花兒。

我已經不記得頭一次跟一個男孩子牽手是什麼時候了。應該是念幼稚園的時候吧？玩集體遊戲，總得跟旁邊的男生手牽手。

不過，這一種手牽手跟後來的手牽手是不一樣的。後來的那些，是戀愛。

第一次讓一個喜歡我的男孩子牽著手是什麼時候，他又是怎麼牽著我的手，我也不記得了。我只記得，我有好幾次甩開了別人那隻伸過來牽著我的、羞怯的手。

不喜歡的男孩子，我不肯讓他牽著我的手。讓喜歡的人牽著手，那種感覺才溫暖。

我認識一個男人，他告訴我，他跟他女朋友逛街不會牽著手。

「為什麼？」我問他。

「我就是不喜歡那樣，兩個人牽著手很不自在！」他說。

我不禁想起我聽來的關於他和女朋友的故事。大家都說，當初是他女朋友追求他。兩個人一起雖然許多年了，始終還是她主動。她對他無微不至，言聽計從。

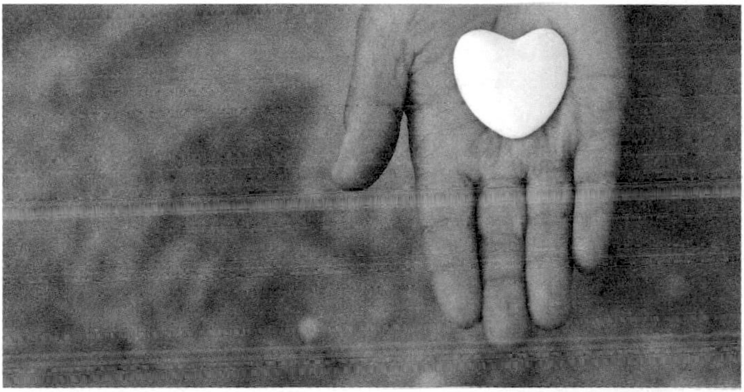

於是我明白，他不肯牽著她的手，不是覺得不自在，而是他不夠愛她。

要是你愛一個人，你多麼想跟他十個指頭緊緊扣在一起？甜蜜的日子如是；吵架之後，你更想抓住他那隻手。他不愛你了，你多麼想念跟他手牽手的時光？孤單一個人的日子久了，你又多麼渴望有個人牽著你的手走路？

人的一雙手往往出賣了他的年齡。手會日漸老去；唯有當我牽著情人的手的那些時刻，我相信我依然年輕。那個瞬間，我們兩個人的掌心裡都開出了一朵朵漂亮的小花兒，彼此纏住了。

有個人把它當作一回事。

你還記得頭一次向男朋友發脾氣時，是哪個男人遭殃嗎？你又記不記得是哪個男朋友在你發脾氣時無動於衷？

誰沒有一點小小的脾氣？我們有脾氣又總是向最親密的人發洩。有時候，心情不好，在外面受了委屈，被工作的壓力壓得透不過氣來，忍不住向他發脾氣，你期望他會遷就你，縱容你，甚至寵壞你。那麼，不管這個世界多麼讓你失望，你還是會覺得快樂。

有時候，你的脾氣是衝著他發的。他說了一句話或是做了什麼惹你生氣，你馬上板起一張臉。他跟你說話，你把他當作空氣，一點反應也沒有。他要是再厚著臉跟你說話，你就惱火地罵他，將他趕走。

到了第二天，他打電話來找你，你要不是說：「你捨得打來了嗎？」就是晦氣地摔他的電話，等他再打來。雖然明明知道自己有點過分，你還是覺得如果他愛你的話，他會遷就你，會苦笑著說：

「哎，你真是我的野蠻女友。」

然而，有時候，你發脾氣是因為知道他不愛你了。因為害怕他會離開你，你只好卑微地遷就他，等他回心轉意，但他沒有。直到一天，你受不住了，就像一頭受傷惶恐的動物，退到角落裡，鼓起最後勇氣向他吼叫，是哭聲，也是絕地反擊。

可是，他卻丟下你，冷冷地說：

「你發脾氣也沒有用，我根本不在乎。」

終於你知道，當你發脾氣的時候，明明不是為了什麼重要的事情，卻有一個人把它當作一回事，那些日子是多麼的甜蜜。

把自己掛在一個人身上。

買了一個漂亮的包包掛鈎，外出吃飯時，可以把包包掛在桌邊，那就不怕遇到小偷。

望著那個掛鈎，突然想到思念一個人的滋味。

人為什麼會思念一個人？是習慣還是愛？

要說是習慣，那麼，是不是以後再也不能夠用思念去衡量我們有多愛一個人？

要說是愛，可是，明明好像沒那麼愛一個人了，卻還是會思念他。

為什麼要思念一個人？有時候，那滋味並不好受，總是夾雜著淚水的鹹味與記憶的酸苦。

如此掛念一個人，是不是因為兩個人一起的日子曾經那樣喜歡把自己掛在他身上？

那時候，就是喜歡把自己掛在他高高的挺拔的身體上，緊緊勾住那寬闊的肩膀。那一雙手，總是在你掛上去的時候牢牢地抱住你，那片胸膛，總是溫暖著你的心懷。能夠飛奔過去，雙腳離地，把自己掛在一個人身上，是多麼幸福和美好？那一刻，誰都沒想過對方有一天會放手。到了要放手的時候，我們才明白思念的滋味。

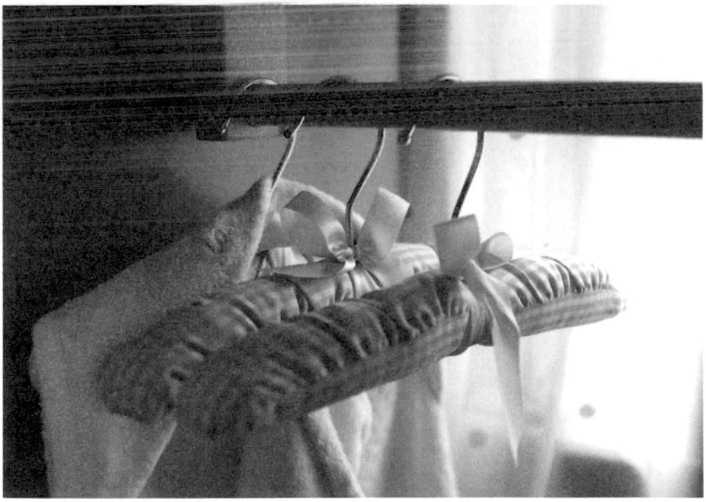

好男人的貼身服務。

一本雜誌的記者在街上訪問了幾十位女士，請她們回答一條問題：「一個男人願意為你做一件什麼事，你才會認為他是一個好男人？」

答案出人意表，原來女人對男人的要求不是上刀山、下油鍋，不是天長地久，也不是信誓旦旦，而是你想也想不到的小事。

一個女人說：「有一次，上班時高跟鞋爛了，我不知所措，打電話給男朋友求救，他專程來到我的辦公室，替我把鞋子拿去修補，然後再送回來給我。」

另一個女人說：「我睡覺的姿勢很可怕，睡得亂七八糟，要是他肯把三分之二張床讓給我便好。」

女人終於也明白到所謂海誓山盟是可遇而不可求，早已成為虛幻，生活卻是實實在在的，一個男人若願意為女人做一件體貼的小事，勝過五十年不變的承諾。餘此類推，好男人的行為還包括：

「我喜歡吃四黃蓮蓉月餅，但只喜歡吃蛋黃，我的男朋友願意為我吃掉那些蓮蓉。」

「有一次，我上班時不小心被月經弄污了裙子，一時不知所措，打電話給男朋友求救，他回家拿了一條新裙子來我的辦公室給我更換，又替我把弄污了的裙子拿去洗。」

「我的鞋帶鬆脫了，他在人來人往的街上蹲下來替我繫鞋帶。」

今天想吃什麼。

我愛吃，從前會有很多東西想吃，今天想吃這個，明天想吃那個，曾經大老遠一個人從新界開一個小時的車到港島，只因為突然饞嘴起來，很想吃一碗熱騰騰的叉燒拉麵。

不過，這幾年，我已經沒有什麼東西特別想吃了。要說一樣最喜歡的食物，也只有海鮮，但是吃不到也沒關係。我不會長途跋涉去一個地方，只為了吃一尾魚。

我也愛吃垃圾食物，寫稿時，還有心情不好的時候，吃點巧克力和薯片，的確有點幫助。

我記得幾年前有一位很愛吃也很會吃的朋友跟我說：

「等到冬天，我帶你過海去吃粥，那兒的粥好吃得不得了，但你別介意要蹲在路邊吃。」

我並不是很介意蹲在路邊吃東西，只是，我喜歡吃粥的程度還不至於我肯為它蹲在馬路邊。

如今，沒有非吃不可的東西，於是，吃飯最重要的是跟誰一起吃和到哪兒吃。最幸福的，自然是跟喜歡的人吃好吃的菜，喝好喝的

酒。至於吃什麼，最幸福的並不是吃的一刻，而是忙碌了一天，約好了晚上一起吃飯，在電話那一頭，或是見面的時候，他體貼地問你：

「今天想吃什麼？」

不過是一句尋常老話，然而，天已經黑了，當你拖著疲乏的身軀離開辦公室，覺得吃不吃都無所謂的時候，這句話，卻像春風一樣拂上你的臉。情路上的千迴百轉，等待的原來就只是這麼一句平常話。

他對你的好。

一個受了情傷的女孩說：

「你可以愛他，愛他的英俊，愛他的聰明，但請不要愛上他對你的好。在他善良、體貼下面，你摸不到他內心隱藏的幽暗的空洞。即便真是遇見了一個，他的好，也是屬於他的東西，隨時可以收回，可以作廢，隨時可以贈予下一個人。」

他對你的好，也是值得愛的，甚至是最值得愛的。

英俊和聰明是與生俱來的，幾乎不需要付出，也不需要努力。但是，他對你的好，是要付出，要努力，甚至是要犧牲的。

誰的內心沒有一個隱藏的幽暗的空洞？我們都是孤獨的野狼，習慣了形單影隻流浪荒嶺，一天夜裡，抬首仰望天空，竟愛上了其中一顆星星。

它照亮了我心中幽暗的部分，它溫柔了我冷酷的雙眼，使我放下長久以來的戒備，使我想到終結我孤單卻安全的旅程，使我突然很想對另一個人好，也使我猝然了悟，愛情就是想對一個人好，誠惶誠恐地把我對他的萬縷柔情雙手奉上，希望他笑納。

只有當我如此愛著一個人的時候，才會想要對他好，也才懂得對他好，所做的一切，全是為他而做，只想他快樂。

也許，我終究做得不好，明明想他快樂，卻讓他傷心，但我是如此癡心地想對他好。

愛一個男人，可以愛他的英俊，愛他的聰明，但請不要只愛這些。他的聰明，他的容貌，他的個性，他的錢，他的事業，都是屬於他的，只有他對你的好，才是他對你的情意。

是這份情意，讓你在他的人生中有了一席之地。

是他對你的好，使他變得獨一無二，也使你變得獨一無二。

也許他不英俊，他也不是世上最聰明的人，但他是對你最好的人，那才值得珍惜。

情逝的那天，他對你的好可以收回，但不能作廢，因為你擁有過，也將永為你所有。

他贈予下一個人的，是另一種好。

他對下一個人有多好，你不必去想像。當一個人活得日子夠長，也就會明白，這一生，我們愛的也許不只一個人，但我們對得最好的，卻只能夠是其中一個，從今以後，再也不可能對另一個人那麼無可救藥地好了。

為什麼？因為，愛是累人的。後來的後來，我只想別人對我好。

做一個懶惰的戀人。

「要找一個你愛還是找一個愛你的人？」

這個問題早已經老掉大牙，依然常常有人問。

我從來沒有為這個問題困擾過，我一定是要找一個我愛也愛我的人。可是，愛情很難有絕對的公平，即便是一段相愛的關係裡，也還是會有一個人愛另一個人多一些。要是那樣的話，我希望我是被愛多一些的那個人，那會比較幸福。我一直覺得男人應該愛女人多一些，因為女人是用來愛，而不是用來欺負的。

所謂公平，就是大家都覺得快樂，各得其所，求仁得仁，戀父的找到一個成熟的男人，戀母的也找到一個母愛氾濫的女人，而不是我愛你十分，你也要愛我十分。愛情從來就不是把兩顆心赤裸裸的放在天平上秤重量，你愛的人也愛你，就是公平。你愛的人沒你愛他那麼愛你，這也是公平，因為是你自己選擇的。

年紀小的時候，我們要的肯定是一個自己愛的人，這件事情是無法讓渡的。後來的一天，當你老了，當你經歷過愛情的無常，當你在愛海這片江湖受過傷、掉過無數眼淚，你也許會選一個愛你的人，而不是你愛的。愛是累人的，曾經那樣愛著一個人，到頭來也還是沒法一起，那倒不如讓別人來愛你。

做一個懶惰的戀人，也是一件幸福的事情。從此以後，被人愛著寵著，被人捧在掌心裡遷就與呵護，從他身上看到從前那個情深一往，苦苦被愛牽絆著的自己，終於知道，愛是沒有絕對公平的，哪裡有幸福的時光，哪裡也有遺憾。

男人心裡的男孩。

男人什麼都聽你的，你覺得他沒性格。誰又會愛一個她覺得沒性格的男人？

他不聽你的話，那也不行，你的話他一句都不肯聽，你會覺得他對你不好、他不愛你。你說的話，明明都是為了他好。

那麼，一個男人到底要聽話到什麼程度，又要不聽話到什麼程度，才會教你心甜也心碎？

愛一個人，不都是在心甜與心碎之間流轉嗎？

是有那麼一個人，讓你時而歡笑，時而掉眼淚，又在你想笑的時候把你弄哭，在你想哭的時候逗得你笑了出來。你其實沒那麼獨裁，不是要他什麼都聽你的，你只是不喜歡在你想他聽你的時候他偏偏不聽。可是，從一開始，你明明不是想找一個聽話的男人，而是想找個你愛的，能夠和你說一輩子話的人，誰又知道，逗你笑的人，往往也是把你氣哭的人？

終於你學乖了，想男人聽你的話，只會氣死自己，那麼，倒不如不要理他。當你不理他，他反而會聽你的。無論年紀有多大的男人，心裡若不是住著一個反叛的小男孩，就是住著一個長不大的小男孩或是一個老小孩，看你愛的是他心裡哪一個男孩。

愛情的時光隧道。

有人說，愛情是保持青春的不二法門。

那得要看看是在哪個階段。

愛情剛剛開始，互相猜測，患得患失的那段日子，的確會讓人變得年輕。所有在這個階段的男女，都是春心蕩漾，容光煥發的，人也變得漂亮。人漂亮了，看上去自然也年輕些。

過了頭三個月和頭一年，不再那麼患得患失了，想要年輕，需要的是甜蜜。甜蜜的情人和甜蜜的日子，總會讓人變得比真實年齡年輕一些，那是因為幸福。

到了第三年，想保持青春，靠的是鬥志。大部分人過了第三年便會鬆懈，反正大家都已經見過對方最糟糕的樣子了，仍然肯花時間和心思打扮，希望自己看起來比去年，甚至幾年前更年輕，沒有鬥志怎麼行？有鬥志的人戀愛時總會年輕些。

十年後，或是二十年後，對同一個人，想要保持青春，靠的已經不是愛情了，而是個人的氣質和保養，這時候，要想突然年輕五歲，只有換一個戀愛的對象。

愛情是否讓人變得青春，還得要看看是什麼樣的愛情。有些愛情是會使人年老的。

我們身邊不都有這些人嗎？他們談著一段拖拖拉拉又不快樂的愛情，日子久了，看上去又憔悴又蒼老。光陰豈會了無痕跡？苦戀的光陰更是飛快，一年好比三年。

愛情這玩意，總是會讓人既年輕也年老，彷彿在時光隧道的兩頭顛簸。最糟糕的是，年輕或年老，就像一個人的年紀，不是由你選擇的。

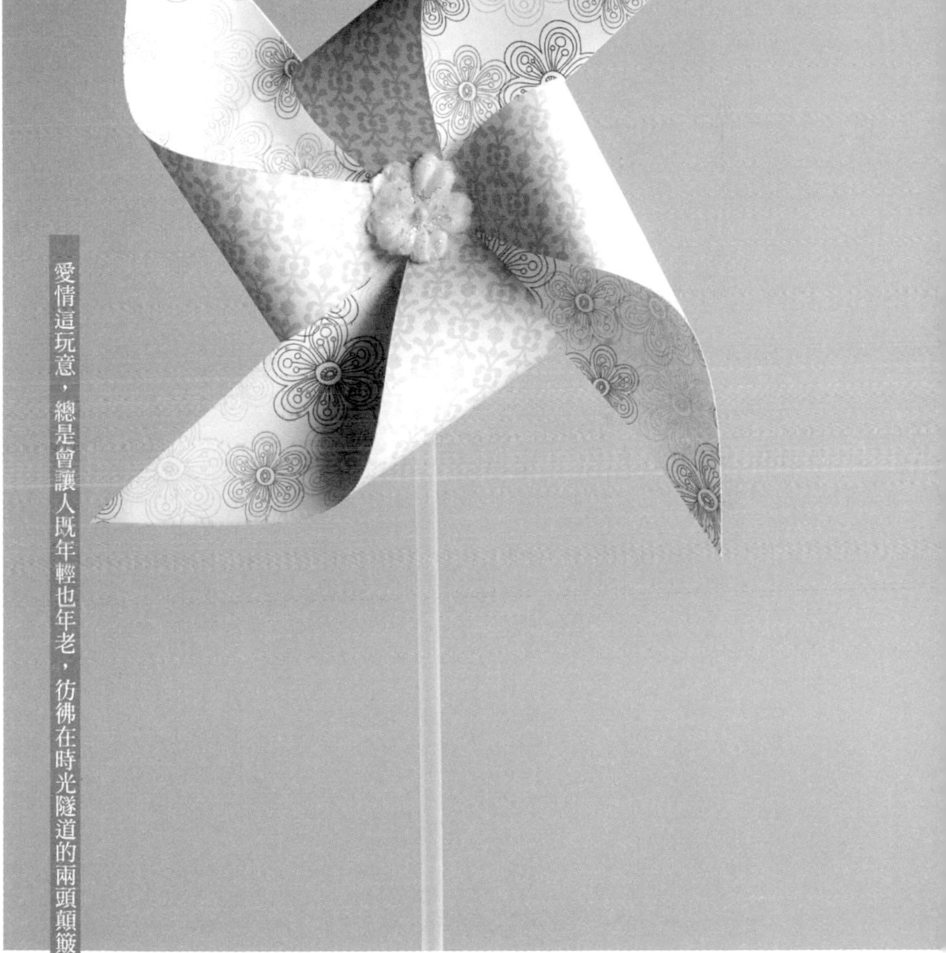

愛情這玩意，總是會讓人既年輕也年老，彷彿在時光隧道的兩頭顛簸。

年輕的情人。

我有一位女朋友，一直都跟年紀比她小的男孩子談戀愛。她的外表比真實年齡年輕，那些小伙子從來就不知道她有多大。

我說：

「要是有一天，他們問起呢？」

她聳聳肩說：

「他們通常不會問，要是他們問起，我會撒謊。」

「可是，要是有一天你跟其中一個結婚，註冊的時候，他一定會知道你的年紀！」

「那時候，他們後悔已經太遲了。」她笑笑說。

她告訴我，她有一個朋友，嫁給了一個比自己年輕十歲的男人。

「她四十歲的時候，他才三十歲啊！」她搖搖頭說。

這一回，輪到我說：

「這不是很好嗎？」

要是你愛上一個年輕的情人，那麼，直到若干年後，你也不會看到一個髮線往後移、頭髮變得稀疏、有了魚尾紋和一個小肚子的情人。

你看到的還是男人的花樣年華。男人的青春也是青春啊。

王爾德說，青春是一根煙。

一根煙，一下子就燒完了。

我們都知道追逐青春多麼傻，那就好比追逐一種終會煙消雲散的東西。但是，情人的青春，總是能夠刺激我們努力留住自己身上的青春。

沉落在暗戀湖底。

一個朋友問我：

「你知不知道有沒有人暗戀你？」

我沒好氣地說：

「既然是暗戀，我又怎會知道？要是我知道，便不算暗戀。」

況且，我向來不是那種自戀成狂的人，常常覺得自己好可愛，別人都該暗戀我。

很久以前，曾經有人告訴我，某君暗戀我。某君跟我是很談得來的朋友，於是，有一次，我在電話裡試探他，問他：

「你有沒有暗戀過別人？」

誰知道，他回答我說：

「噢……我從來沒暗戀過別人。」

後來我想，我問得這麼直接，即使他有一點點喜歡我，也不會承認，搞不好還以為我暗戀他呢。

我不暗戀別人，所以也覺得別人不會暗戀我。有人說，暗戀很偉大。有人說，暗戀是一個禮物般的傷口，淒美浪漫。但是，請相信我，暗戀若是沒有修成正果，對方沒愛上你，那麼，暗戀終究只是一場浮不上面的單思。

我們以為自己苦苦暗戀著某人，而其實，我們暗戀著的，只是一個我們在想像中美化了千百遍的人，愈是得不到愈是愛，愈是得不到愈是肝腸寸斷。到了後來，那浮不上面的單思，只好沉落在暗戀湖的湖底，化成一片荒蕪的青苔。

坐船的男人。

認識一個灑脫的女孩子，她告訴我，打從很小的時候開始，她已經覺得愛一個人是不需要擁有他的。

這天晚上，我和她吃著美味的義大利菜，我問她：

「那你做得到嗎？」

她回答說：

「從前做不到，所以很不開心，如今老了些，也愛過好幾個男人了，我開始覺得我可以做到。」

她的確做到了。她跟一個男人相愛，有了孩子，沒有結婚，然後自己帶著孩子生活。

她實踐她從小就信仰的那一套想法，不擁有別人，也不讓別人擁有她。她說，我們和我們愛著的那個人，應該各自擁有一片天地，想見面的時候，其中一個人坐船去找對方就可以了。

我笑笑說：

「那你得要找到一個肯坐船來看你的男人呀！」

一個人信仰怎樣的愛情，其實都沒問題，但是，人終究不能自己跟自己談情。沙特找到他的西蒙波娃，約翰藍儂也找到他的大野洋子。生不帶來，死不帶去，這點道理誰不知道？做到卻是另一回事。

不讓對方擁有自己也許會容易些，不擁有對方卻沒有想像的那麼容易。除非，人是不會孤單，不會寂寞，不會害怕失去，也永遠不會老去的。

一旦老了，還能坐船嗎？

男人愛得比女人偉大。

女人比男人善於愛，但男人卻可以愛得比女人偉大。

正因為他們不善於愛，所以也不會取巧，當男人深深地愛上一個女人，他可以比任何一個女人對男人的愛更偉大。男人最珍惜的，就是他的生命、他的江山、他的事業、他的財富、他的朋友，但是，為了他愛的女人，他可以拿這一切來下注。在情場上，他們往往是最勇敢的殉道者。

他很辛苦才建立起自己的事業和名譽，為了成就一個女人，為了令她快樂，他會用自己的權勢來幫助她成功，即使眾叛親離，他也在所不惜。當身邊的人都說他愛得不理智，都說他要為這個女人付上沉重的代價，他也勇往直前，因為愛是一條不歸路，他不能夠停下來，一停下來就是懦夫。

別人或許覺得這個女人不值得他如此為她犧牲，但是，男人的愛情字典裡，從來沒有「值得嗎？」這三個字，反而女人會常常問自己「值得嗎？」、「他值得我這樣愛他嗎？」女人愛一個男人，總是希望他保證她的將來，男人卻沒那麼計較，他全力以赴為她做的，不求明天，只求她此刻快樂。
不要說男人不懂愛，他一旦懂得了，沒有一個女人比得上他。

愛的兩條路。

對一個人寸步不離，成天盯著他，擔心他遇上別的人或是被別人搶走，這樣的生活其實也很累吧？

這樣的生活就是沒有了自己。太愛他了，太害怕失去了，覺得自己愛的這個男人太棒了，外面肯定會有很多女人想要他；愈是這樣想，愈是害怕，愈是沒有安全感，最後只好再盯緊些，再盯緊些。

可是，他一點都不領情，認為這是束縛，覺得你很煩人。你生他的氣，滿肚子委屈，終於禁不住一次又一次哭了。這沒良心的傢伙，他不是說愛你的嗎？既然愛你，為什麼不耐煩你常常黏著他？他怎麼不好好想想這些年來你為他所做的一切？不想想你為他所作的犧牲？

你一次又一次告訴自己：「給他自由吧！我才不要再盯著他！」可你就是死性不改，好像早已經把自己死死地釘在他身上，無論他跑到哪裡，都得揹著你一起去。你們不是兩個人，而是一個。

一個人真的能夠一輩子盯著另一個人嗎？你深深知道是不可能的。你能夠一直守著他直到你年老色衰的那天或是直到他老邁不堪、再也沒有任何女人會愛上他的那一天嗎？

許多道理我們心裡明白，卻偏偏卑微地對抗，硬要跟著自己的方式去叛逆那些千古不變的世事人情，即便是賠上眼淚也不願罷手。道理其實就擺在眼前，簡單不過。找到自己的生活，也就找到自信；找到自信，也就不會害怕他不愛你，也不會想要成天盯著他。

愛一個人，只有兩條路：要嘛給他自由，要嘛成為很棒的女人，到時候，說不定是他想要成天盯著你呢。

曾經有多長？

你說：

「曾經，我把愛情看得比生命重要，但值得嗎？」

當你曾經珍視一段愛情，你也一定曾經把它看得比生命重要。

當你曾經深深愛著一個人，曾幾何時，你也會把他看得比生命重要。

問題是，那個「曾經」有多長？

如果只是被愛情沖昏了腦袋的一刻，如果只是熱戀的短短日子，也就無須去計較是否值得。愛情就是有點傻。

如果是在愛情行將失去的時候，只要事後學聰明點，也還是值得的。

當對方要走，我們不是也曾把愛情看得比生命重要嗎？我們苦苦以為，沒有了這個人，我也活不成了。

到了後來，我們不是活得好好的嗎？

一個不愛你的人，絕不會比你的生命重要。

一個愛你的人，會告訴你，你的生命比你對他的愛情重要。

人的天長地久。

別人說：「不在乎天長地久，只在乎曾經擁有。」但是，人愈大，也愈來愈明白，天長地久和曾經擁有是人生兩種不同的境界、不同的際遇。

跟你天長地久和跟你曾經擁有的，也許是同一個人，也許是兩個人。有些人適合天長地久，另一些人，只適合曾經擁有，就像有些男人不適合當丈夫，有些女人只適合當女朋友。可惜，不適合當丈夫的男人通常都有自知之明，只適合當女朋友的女人卻總想結一次婚，總想證明她愛的男人也愛她愛到想和她共度餘生。

誰跟你曾經擁有？誰又跟你天長地久？一切都是時間。

時間既是向前飛逝，永不回頭，卻也是不斷輪迴。人類短暫的生命面對時間的滔滔長河，無論是天長地久或曾經擁有，也不過是匆匆一瞥，須臾已成過去。

太多人一廂情願地認定，曾經擁有是比天長地久浪漫的。然而，當你沒那麼年輕，當你對愛情和浪漫有更多的領悟，你猝然明白，那是兩種不同的浪漫，不能說哪一種更浪漫或更美好些。

我們是留鳥，我們也是過境鳥。千山飛渡，我們與之天長地久和我們與之曾經擁有的人，是沒得比較的，兩者皆是人生最美好的相逢，也都陪伴我們在千年時光中走過一回。

人的天長地久，總不免被時間或上帝嘲笑，但我們始終純真地甜蜜過、快樂過。

2

PART TWO

愛情終究是經營不來的

我和你的習慣。

我聽過一位很成功的女士談到她那段沒有成功的婚姻，她說，她和前夫離婚並不是因為有第三者，也不是有什麼大問題，是真的沒什麼，只是生活習慣不同，前夫喜歡安安靜靜、慢條斯理坐著把飯吃完，急性子的她卻會拿著那碗飯從飯廳吃到廚房，又從廚房吃到飯廳。

比起那些血淋淋的破碎的婚姻，這樣的婚姻雖然還是破碎了，終歸可以淡然一笑。

聽到這個故事的時候，我在想我吃飯的習慣。我既不是安安靜靜地坐著乖乖吃飯，我也不至於一邊吃一邊走來走去，大概是兩者之間吧，要看心情，也要看我當時忙不忙。

我是個急性子，受不了慢吞吞的人。遇上慢吞吞的人，我還真是恨不得替他把飯吃完、把話說完。我愛上的人，雖不至於像我，可是，好像也沒有慢郎中。

急驚風遇著慢郎中，也有可能是一雙璧人。我認識一對夫妻，正好是這個組合，每次外出，不是先生等太太，而是太太等先生換衣服、吹頭髮、弄這弄那。要是換了我，早就當場氣死了，他們卻是對活寶。

在愛情和婚姻裡，生活習慣到底有多重要？

假如有足夠的愛，急驚風是不是也會愛死了他的慢郎中？要是愛得不夠，無論是急驚風跟急驚風，還是慢郎中跟慢郎中，始終也是要分道揚鑣的。

我們是不是可以接受一個跟我共同生活卻又跟我生活節奏和習慣不一樣的人？有一個人可以忍受我跟他不同的生活習慣，畢竟是幸福的；要是他不是忍受，而是因為愛我所以也願意跟我那些「恐怖」的生活習慣長相廝守，那樣是不是更幸福？

熱湯或冷飯。

愈來愈覺得食物的溫度很重要，朋友帶我到一家餐廳吃飯，說那裡的小菜很好吃。小菜的確不錯，但是服務生送上來的那一鍋白飯卻是冷的，小菜再好，配上不熱的飯，也不好吃。

辛苦工作一天，滿懷高興坐下來吃飯，如果吃到的是冷的小菜、冷的湯、冷的湯麵和冷的飯，那就很沮喪了，那些又不是冷盤，不冷不熱的菜，有什麼好吃？

熱的菜，熱的湯，最令人感動。冬天的時候，喝到一碗熱騰騰的湯，頓時覺得心裡也踏實了。飯要熱，心裡才暖。湯麵要比飯更熱，一邊吃一邊淌下鼻水，吃完之後要抹鼻水，還要抹汗，那是最好吃的湯麵。不冷不熱的菜，不可原諒。

我們都在追求溫度：食物的溫度、朋友的溫度、情人的溫度。

最好的朋友是恆溫的，他永遠給你一種溫暖的感覺，你喜歡跟他一起消磨時光，你關心他，但你們不需要經常見面，每次想起他，心頭總會暖暖的。

情人的溫度是該熱的時候熱，該暖的時候暖，永遠不會冷。常常處於高熱，大家都會很累，從來只是溫暖，也太平淡。你需要他的體溫，他也惦記著你的體溫，想到他，你想到的是一碗熱湯，而不是一碗冷飯。

不要相信一碗暖的糖水。

男人晚上出去應酬，臨走時打包一些食物回去給老婆，老婆本來要發脾氣罵他那麼晚才回家，可是，看到他竟然體貼地帶了好吃的東西回來給她，也就怒意全消。他去應酬是苦差，他打包東西回來給她消夜，是心裡記掛著她，這麼乖巧的丈夫，她怎麼捨得罵他？

男人無論在外面玩得多麼晚才回家，只要他不是兩手空空回來，女人便心甜了。

如果他兩手空空，那麼，十二點之前，他便要回家，可是，他打包東西給她消夜，那麼，他最低限度可以拖到兩點鐘才回家，那份消夜就是他的免死金牌。

打包的東西，當然不能是在街上隨便買的，那必須是在吃飯的地方順便打包回來的，證明他的確是在那裡吃飯。

打包給老婆的食物，當然也有級數之分，如果是腐竹糖水，杏仁茶之類，他最好在半夜兩點前回家，如果是椰汁官燕，則可以再晚一點。天亮才回家的話，帶什麼食物都沒用，她會相信你吃飯吃到第二天嗎？除非你帶回來的是一枚鑽石戒指。

男人打包食物回家給老婆，還有一個作用，那碗糖水交到她手上，還是暖的，證明他吃完飯立刻趕回來，沒有去花天酒地。男人乖巧地跟老婆說：

「還熱呢，快吃吧！」

你以為他真的沒有去別的地方嗎？

是一個男人告訴我的，他在酒樓打包了食物，然後去按摩，回家之前，在樓下的便利店買點東西，順便把那碗已經涼了的糖水放進去微波爐裡弄熱，然後施施然回家。

所以，有時候不要相信一碗暖的糖水。

把愛情削弱。

你已經有多久沒問過別人：「你愛我嗎？」如果已經有很久了，那麼恭喜你。不去測試對方愛你有多少，證明你成熟了。

我們有很多關於愛情的問題。譬如：「你會愛我多久？」、「你最愛的是誰？」、「你是不是像從前一樣愛我？」所有這些量度、測試和試探，以及對愛情的懷疑，都會把愛情削弱。

你不可以不為什麼而愛對方嗎？

你不可以照他原來的樣子愛他嗎？

你為什麼總是希望改變他，使他更值得愛？

為什麼你總是想要在他身上得到回報？

許多女孩子還在想，她要找一個很愛她的人，而她不必那麼愛他，這是最幸福的。

這樣真的最幸福嗎？這樣只是比較少受傷害。

許多人還在試探對方有多愛自己。他們說：

「如果你愛我，你應該這樣……」

「你這樣對我便是不愛我。」

我們已經無能力為愛情奉獻，我們只是希望被愛。

也許，當你不再去量度愛情或者懷疑愛情，你才更有力量去愛。

愛情終究是經營不來的。

一個女孩問：「任何感情都是需要經營的，對嗎？只是為什麼不能順其自然，對其放任自由？」

問這個問題的女孩，應該是很年輕吧？當你比現在長大些，你會明白，這個問題不必問。

感情既要經營，也要順其自然，放任自由。至於怎樣去掌握當中的分寸，是個人的天資。然而，天資縱有多麼高，也許還是敵不過緣分。愛情終究是經營不來的。

我們唯一可以經營的，只有自己，唯一可以管的，也只有自己。學著去珍惜和欣賞眼前人，便是最深情的一種「經營」。愛情只能順其自然，既然明知道管一個人太累，不如給他自由。他的自由也就是你的自由。隨時可以走，但還是喜歡留在你身邊，無論經過多少風波，始終愛你，那麼，他才是你的。

兩個彼此相愛的人，不會苦苦思量一段感情到底是要經營還是要順其自然，因為一切是那麼自然，茫茫天地，是有一個人，覺得愛你是自然不過，也是理所當然的事。

我是自由放任派，也許不是因為我有自己想像的那麼灑脫，而是我知道，千辛萬苦的經營毫無意義，倒不如等待一個人，他愛你就好像你是他的天命。

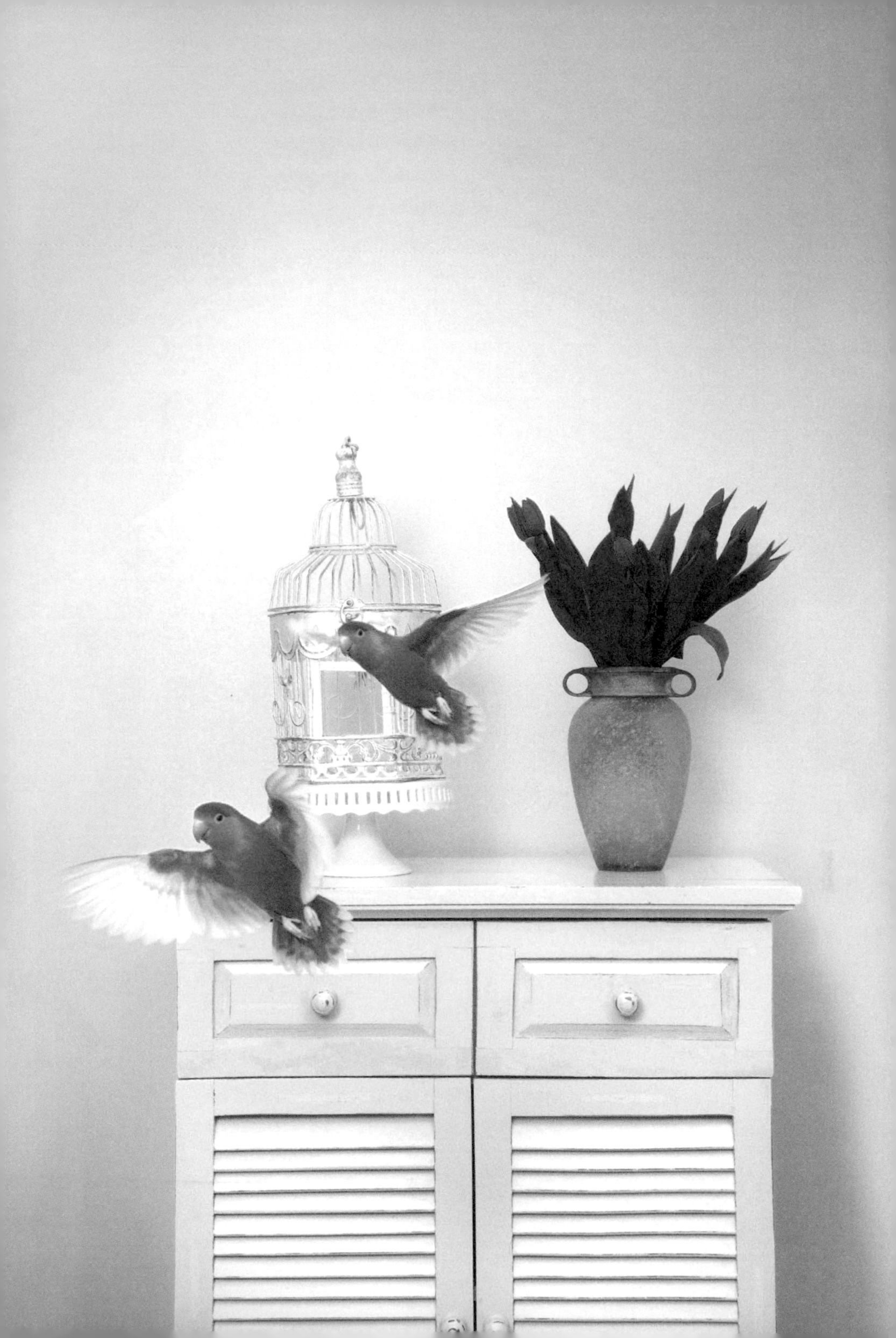

我們唯一可以經營的，只有自己，
唯一可以管的，也只有自己。

我和你的層次。

朋友也好，同事也好，大家層次不同，是很難溝通的。你可以偶爾降低自己的層次去遷就他，但常常要降低層次，那倒不如不要交這個朋友。

你說的，他不明白，你在思考的事情，他從沒思考過，你說東，他以為你說西。你想他做到一百分，他竭盡所能，只可以做到五十五分。這有什麼辦法呢？唯一辦法就是分道揚鑣。

找一個層次相同的朋友並不容易，所以大部分人都是寂寞的。找一個層次相同的伴侶，那就更困難了。大家層次相同，才可以一起進步，他明白你在做什麼，你也明白他在做什麼。男人比較可以降低一點自己的層次，女人卻往往不願意。男人會用女人的美貌和青春來彌補彼此的距離，然而，對女人來說，男人的精神層次，就是她愛他的原因，她怎麼願意屈就？

大家的層次本來相同，但有一天，你走得比他遠，你層次不同了，他還是停留在那個層次，那是最無奈的。

一個人走遠了就不可能回到原來的地方，有些女人很聰明，她會停下來不再前進，她知道再往前走的話會失去身邊的男人，在個人的層次和愛情兩者之間，她選擇了後者。層次是無盡的，愛情卻有盡時。

即將拋棄的。

你有過這種經驗嗎？一直想去剪頭髮，卻總是抽不出時間來，惟有暫時忍受著；但是，每次看到鏡子，都覺得這把頭髮糟透了，不知道還能夠忍受多久。終於有時間去剪髮，然而，就在決定去剪頭髮的前一天，看著鏡子，突然發現，自己的頭髮並不是那麼糟，心裡不禁嘀咕：「為什麼今天的頭髮好像很不錯，到底還要不要去剪呢？」

這是對即將拋棄的事物的不捨嗎？

有時候，決定把不穿的衣服送人。到了要拿去送人的時候，忍不住再看一眼，突然覺得這些衣服也許以後還是會穿的。而其實，其中大部分已經三五年沒穿過。

答應了送給別人的東西，或是答應了要放棄的東西，到了離別的時候，不知道為什麼，突然都好像有了一種從沒見過的美。但是，有什麼辦法呢？已經答應了別人。

不愛那個人了，一直想離開他，把他的缺點在心裡數了一遍又一遍，很確定自己是不愛他的了。

「明天就跟他說！」心裡這麼下了決定。

然而，就在話要說出口的時候，彷彿從沒見過這麼惹人憐愛的他。一瞬間，往事重回心頭，心裡想：

「他對我並不壞啊！」

然後又想：

「跟他一起，也許還是會幸福的！」

我們總是這樣品味著即將拋棄的事物的苦澀。

懲罰。

男人的分居妻子堅決不肯離婚，她要跟他周旋。她說：

「我承認，我現在只是一般小女人的心態，只要看著他痛苦，我便快樂，他不願意看到我，我偏要他看到我，這是對他最大的懲罰。」

跟一個已經不愛自己，自己也已經不愛的男人無休止地糾纏下去，兩敗俱傷，是懲罰自己，還是對方？

伸手去打對方的臉，自己的手也會痛吧？除非拿一把尺去打對方，可是，為了令他痛苦而要跟他硬拚，那就不是一把尺，而是用自己的手。他不一定受傷，但自己肯定會痛。

懲罰一個人，也要付出精神和體力。懲罰一個自己愛過的人，更要付出感情。既然明知道這個男人那麼自私，也吝嗇金錢，還值得把餘下的青春用來懲罰他嗎？

說真的，他已經不愛她，她的存在對他來說，不是懲罰，而是騷擾。

小女人也可以有大風度，優雅地下台，也是一種風度。他不肯付錢，是他沒有風度，既然不愁生活，何必要他的錢？不要他分毫，那才是對他的侮辱。

一個女人，能令男人痛苦，是她本事，她有這個本事，而選擇放過他，則是更有本事。

回憶的味道。

我的一位女朋友最近跟男朋友分手。分手後，她打給他的第一通電話，只說了兩個字：

「還錢！」

她恨恨地說：

「是他對不起我，既然他要跟別人一起，那麼，他也該把欠我的錢還給我！」

錢是她的，你很難說她這樣做有什麼不對，那個花女人錢的男人實在也不值得同情。金錢男女，有時候就是會糾纏不清，好的時候，什麼都可以不計較，我的是你的，一切都可以一起分享，我可以為你浪擲金錢。壞的時候，卻會錙銖必較，我的還給我，屬於大家的，要分得清清楚楚，互不相欠最好。

分手時，想跟對方要回自己的錢，並不是金錢可愛，而是對方可恨。有時候，人為的只是一口氣，不過，這一口氣卻難免有點酸味，不是吃醋的酸，而是食物變壞的酸腐，自己聞著也不好受。

不過，不好受也還是會這麼做，只為了要他跟我一樣不好受。

我想起認識的另一個女子，那個男人欠她很多，分手時，她什麼也不要。也許，她當了傻瓜，但是，她身上也不會有那種酸腐味，只有淚水的鹹味。這種味道是會漸漸消散的。

我們也許並不富裕，可是，一段感情，我們還是浪漫得起吧？

我們難道不可以容許自己稍微慷慨一些嗎？當我們慷慨一些的時候，回憶的味道也會美好一些。

當愛情缺席的時候。

我記得我這麼寫過：無論你有多麼好，世上總會有不愛你的人。是不是每個人都能夠找到愛情？有些人的確是一輩子也沒談過戀愛，那個命定的人，一直沒有在他生命裡出現。這事沒有幸或不幸，都是際遇。有些人有很多愛情，到頭來卻不見得幸福，沒有愛情的人，也一樣可以生活得很好。

當愛情缺席的時候，你要好好愛自己，學著聰明些。笨蛋永遠不會明白聰明是一種幸福。

當愛情缺席的時候，學著接受自己，只有當你接受自己的一切，你才會快樂，才能夠學著獨處。

當愛情缺席的時候，學著過自己的生活。過自己的生活，就是跟自己談戀愛，把自己當成自己的情人那樣，好好寵自己。

當愛情缺席的時候，學著對朋友好些，重色輕友，人之常情。重友輕色，失戀之常情，有了知己好友，單身的日子會過得容易些。

當愛情缺席的時候，你要努力些，努力工作，努力讓自己進步。男人有了事業，便有女人。女人有了事業，即便沒有愛情，至少還有錢。

當愛情缺席的時候，你要學著瀟灑，要明白錢會溜走，什麼都會失去，我們手上沒有一樣東西能夠永遠擁有的。

當愛情缺席的時候，並不代表你不好，也許你上輩子是個大情聖，配額已經耗盡了，這輩子只好坐坐愛情的冷板凳。

那片你沒有選擇的風景。

讀書考試的日子，總希望自己最沒有把握的那張試卷會有一部分是選擇題，那麼，即使不知道答案，至少也可以猜。離開了學校，不用再考試，卻害怕人生的諸多選擇，不想承擔選擇的後果，可也無法不選擇。

選擇了Ａ，有時會想：跟Ｂ一起的人生會是怎樣？

選擇了Ｂ，不免會想：跟Ａ一起的人生會是怎樣啊？

可是，既然選擇了其中一人，那就永遠也不會知道跟另一個人一起的人生有什麼不同。只是，有時還是禁不住會去想。幸福的時候會想，不幸福的時候更會想，卻不知道，這一切都是自己的幻想。

直到許多年後的一天，重又看到了當天沒有選擇的Ａ或是Ｂ，時間把你和他的外表跟心境都改變了，見面那一刻的心情，無論是當時已惘然，還是恍如昨日，彼此心裡想的也許是同一件事情：

「這就是人生吧？」

就是啊！這就是人生，你永遠不知道那片你沒有選擇的風景。

一個人的晚飯。

一個人吃晚飯，總是難免的吧？要是那天只有我一個人，我會留在家裡。我不喜歡到外面吃。

在這個城市，適合一個人吃晚飯而又出色的餐廳為數太少了。中菜絕對不適合。雖然我可以點一尾清蒸活魚、半隻南乳燒雞和一個青菜，然後再來一碗蝦仁雞蛋炒飯，但是，這種吃法太像一個下班晚了不想回家吃飯的男人了。

西餐嗎？西餐的情調永遠是為兩個人而設的。

比較適合一個人吃飯的是日本餐廳的壽司吧台或是迴轉壽司，可是，一想到要穿好衣服離家，我就覺得納悶。

我寧願窩在家裡。一個人可以吃得隨意些，打開冰箱看看前天有什麼剩菜或是有什麼可以生吃的，盡量使用烤箱和微波爐烹調，如非必要，決不開火煮食，以只需要洗最少的碗盤為原則。夜裡一個人站在洗碗槽前面洗碗可不是一種享受。

要是家裡剛好有幾片帕爾瑪火腿和半個哈密瓜，那真是太幸福了。不然，可以煮一碗湯麵、做一個大蝦沙拉，或者烤一隻法國小春雞，然後開一小瓶不錯的紅酒。

一個人的晚飯，能夠用手吃的東西盡量用手吃，不必拘泥儀態。我會放棄餐桌而選擇沙發，盤腿坐在那兒一邊吃一邊看碟片。要是碟片全都看完了，電視節目又太難看，那就翻出舊的ＤＶＤ。「犯罪心理」（Criminal Minds）絕對值得重看，用它來送飯挺深沉的。

一個人的午飯我會盡量吃得簡單清淡，吃一根玉米或是一碗麵條、幾塊餅乾。到了晚上，一天將盡，眼看又老一天了，豈能不縱容一下自己？

一個人的晚飯，是自由的盛宴，也是品味孤獨的時刻。

你是我的救贖。

是不是愛有多深，恨也就有多深？

當一個人對你說，他對你既愛且恨，或者說，當你對一個人既愛且恨，那應該是高興還是不高興？

當你深深愛著一個人的時候，你的歡笑多一些，還是眼淚多一些？愛一個人，是不是也曾無奈地接受他給你的苦？

兩個人在一起，決不是為了痛苦，開始的時候，總是快樂的，痛苦是後來的事。

當一個人對你說，愛你很痛苦，你聽到的一刻，也許難免有點竊喜。不是想他受苦，而是覺得有一個人愛你愛到這種程度。

《大圓滿法》說，生、老、病、死苦，愛別離苦，輪迴六道各有苦。

愛一個人，就難免會為他受苦，愛的是親人或戀人也如是。牽掛是苦，思念是苦，失望和傷心是苦，得不到是苦，沒法相守是苦，生離死別是苦。有時候，你不想承認，你也曾恨他，甚至巴不得再也見不到他。

然而，有一天，驀然回首，你會發現，那個人好像給了你許多痛

苦，卻也是你的救贖。

是他讓你了解人生，是他讓你了解愛，是他讓你認識自己，是他讓你知道愛一個人是可以這樣的，是他讓你面對自己內心的那個缺口，是他改變了你，也惟有他，能夠讓你擦著熱淚微笑。

不是愛有多深，恨就有多深，而是救贖有多深，愛恨就有多深。

留下的紅絲帶。

一個女人過著什麼生活，就會有什麼男人愛上她。

她過著放浪的生活，那麼，愛上她的，也會是喜歡那種生活或是過著那種生活的人。

她過著多彩多姿的生活，那麼，喜歡她的，也是熱愛多彩多姿生活的男人。

她過著沒有明天的生活，愛上她的人，也過著沒有明天的生活。

她過著頹廢的生活，會把頹廢的男人都吸引過來。

她追求刺激，那麼，追求她的男人，也是追求刺激生活的。

她認真地過活，愛上她的，也會是認真的男人。

她喜歡有目標的生活，沒有人生目標的男人，哪敢追求她？

我們的生活，已經決定了我們的愛情，就好像一個人一路走來，沿途留下了記號的紅絲帶，那麼，自然會有追逐這些紅絲帶而來的人。

有些女人老是抱怨：

「為什麼我喜歡的男人都在別人手裡，沒讓我遇上？」

有些女人則看著別人的男朋友，心有不甘地想：

「我有什麼比不上她？要是我有機會遇到這個男人，誰說他不會愛上我呢？」

她們都忘記了，當一個女人選擇了一種生活的時候，就幾乎已經選擇了她將會遇到的男人和將要談的愛情。

在那種生活以外乍然相逢的，都是驚喜。

當一個女人選擇了一種生活的時候，
就幾乎已經選擇了她將會遇到的男人和將要談的愛情。

原諒。

許多人都問過我這個問題了：

「背叛過我的戀人現在回來我身邊，跟我一起，但我心裡始終沒法原諒他。我應該原諒他嗎？」

你可以不原諒一個人，從此跟他再沒有任何關係。

可是，為什麼要繼續跟他一起，心裡卻不原諒他？那是折磨自己，也是折磨對方。

原諒，是我們這一生都要學習的功課。

假使你根本沒有原諒他，只因為找不到比他好的，所以接受他回來。那樣的人生多麼可悲？

要是你深愛一個人，你只能夠學習去原諒。不是為他所做的事找藉口，也不是把責任推到第三者身上。原諒就是原諒。他傷害過你，但你還是愛他。你也知道，他終究是愛你的。

那麼，要原諒他幾次？

當再也不能原諒的那天來臨，你是會知道的。

當你再也不想跟他一起，再也不愛他，連他的臉都不想再看到，也就不需要原諒。

我們不捨，是因為過去那些共同的回憶，是因為你始終是我最愛的人，是因為你曾經對我那樣好。

但是，恩情會有用完的一天。愛情，也有耗盡的時候。

然後，我們之間，還剩下些什麼可以用來原諒？

愛一個人，才可以原諒他。

不愛了，也就談不上原諒，也談不上恨。

謝謝你折磨我。

在台灣金石堂書店的《出版情報》上看到一本新書推介，書名是《謝謝你折磨我》，作者是馬克羅森。書還沒買到，但我喜歡這個書名。

這是一本探討新世紀人際關係的書。在日常生活裡，在工作上，我們常常會碰到許多討厭鬼，他們或許是你的上司和同事。這些討厭鬼對你的折磨，也許有激勵的作用。

是的，生活裡，有很多的折磨。貧窮、失意、失戀、苦戀、單戀、被人奚落、被人藐視、被人欺侮、與至愛的人別離、疾病、死亡，全都是折磨。

受折磨的時候，你萬分痛苦，然而，有一天，你會感謝所有折磨你的人和事。

折磨就是鍛鍊。

沒有受過折磨，我們不會成長，不會變得成熟，也不會擁有智慧。要是有一個人折磨你，你該感激他。

要不是苦戀他，要不是他對你若即若離，害你受盡折磨，你怎會

開始了解愛情和人生？當你發現你可以為一個人而忍受這種折磨，你的視野會忽然變得廣闊。

不要被所有的折磨打倒，你要用這些折磨來自我提升。長夜哭泣之後，你會感謝所有折磨過你的人。他們成就了你。

要耐得住寂寞。

人若能夠耐得住寂寞，就能夠少受許多痛苦和少出許多洋相。

許多人的痛苦，都是因為不甘寂寞。

那個男人不見得有什麼好，你不甘寂寞，跟他一起，以為找個人陪陪你，反正你不愛他，不會有什麼損失。漸漸地，你卻愛上了他，偏偏他已經不愛你，讓你吃盡苦頭。不要恨他，恨只恨你自己當初不甘寂寞。

你本來不喜歡那個女人，可是你剛剛失戀，一個人很寂寞，而她對你癡心一片，於是，你接受了她。你從來沒有愛過她，卻和她生了第一個孩子，然後是第二個，你覺得痛苦，你已經不能丟下她和孩子。這是誰的錯？是你不甘寂寞，結果製造了一個家庭出來。

寂寞會做錯事。

你曾經很風光，風光過了，優優雅雅地低調過日子，人家會懷念你，可是，你耐不住寂寞，硬要再走到台前。時不我與，結果大出洋相。

你曾經是一個神話，時代過去了，你硬要出來跟人爭一日之長短，卻不受新人尊敬，你覺得很痛苦，甚至懷疑自己。這都是因為不甘寂寞。

寂寞，原來也是一種尊嚴，自愛的其中一個功課，就是要學習在寂寞裡自處。

比一公尺還要長的希望。

夜裡，翻看很多年前寫的日記，其中一天，我抄下了這句句子：

「人有多悲觀看他肯失去多少，

人有幾許希望看他要得到些什麼。」

這句話，不知是在哪裡看到的。當時為什麼會抄下來，我已經不記得了。事隔多年，這兩句話依然讓我留下深刻的印象。

悲觀的人常常感懷身世，認為自己擁有的太少。他們擁有的那麼少，其實是因為他們從來不懂珍惜。不懂珍惜，才會失去。

一開始失去，失去的也會愈來愈多，先是鬥志，然後是時間、夢想、快樂、朋友、幸福和希望。

絕境未是絕境，當你無論如何也不肯失去，你才有機會得到。

這一刻，有什麼是你最想得到的？你的答案排列起來，比一公尺還要長，那恭喜你，你是個充滿希望的人。

若有人說你妄想，說你貪婪，不用理會他。在達到希望的過程裡，你會愈來愈認清楚自己，知道哪些才是你最想得到的。

有了目標，便有希望。

失望沮喪的時候，不要忘記，你曾經許諾要得到些什麼，你那比一公尺還要長的希望在等你實現。

歸宿是一個人的事。

我常常禁不住思考這個問題：女人的歸宿是什麼？是一個丈夫，一段婚姻和一個家嗎？

上一代或者再上一代的女人總是這樣告訴我們。然而，要是婚姻不愉快，要是兩個人的感情早已經支離破碎，家不成家，那個當初的歸宿還是歸宿嗎？

歸宿真的只能是另一個人嗎？即使那個男人是你今生所愛？歸宿真的只能依靠另一個人來完成嗎？我們注定無法成為自己的歸宿。

女人的歸宿為什麼不可以是夢想和自由？不可以是她追尋的東西？不可以是她的信仰和信念？不可以是她堅持的理想？歸宿當然也可以是一段美滿良緣，或者以上全部。

歸宿總是讓我想起另外兩個字：歸鄉。茫茫天地，歸鄉何處？那是我們終極的追尋，是我在人生逆旅之中最後流連之地。

愛情總是讓我想起另外兩個字：鄉愁。

愛情多麼像一份鄉愁，當我遇到對的人，我終於知道，我為什麼會毫不理智地愛著他，我為什麼願意為他吃苦，為他改變自己？他就是我來的地方，也是我將會去的地方，是我久違，甚至是素未謀面的故鄉。他是沒法解釋，一解釋就讓我淚眼模糊的那份鄉愁。我像愛著自己的鄉愁那樣愛著他。

然而，多麼美好的愛情或婚姻也只是其中一個歸宿。

漫漫長途終有回歸，無論男人還是女人，終究要自我完成。

人生逆旅中最後的一片棲息地，並不僅僅是摯愛溫柔的懷抱與情深的訣別，也是回首的一座高樓。望斷高樓，這匆促的一生，我做了什麼？多少歡喜？多少惆悵，又多少懊悔？

我突然明白，歸宿是一個人的事。

3

PART THREE

我愛過，所以我活過

怎樣忘記他。

失戀後，我們總愛問：

「我怎樣可以忘記他？我很想忘記他，但我就是無法忘記他。有什麼方法可以忘記他？」

如果無法忘記他，那便不要忘記好了。

為什麼要那麼痛苦地去忘記一個人？時間自然會讓你忘記他。

現在，我請你千萬別想著一頭粉紅色的大象。

請問，你想到的是什麼？

你立刻就想到一頭粉紅色的大象了。

你愈努力想去忘記，愈是無法忘記。失戀已經夠苦了，為什麼還要自虐？

仍然愛著他，忘不了他，是理所當然的事，不必覺得慚愧。

有些人明明忘不了，卻自欺欺人說：

「我已經忘了他。」

然而，只要別人一提起他，她便無法控制自己。

有一天，你會忘記他的。

真正的忘記，是不需要努力的。

有一天，你在浴室洗了一個澡出來，扭開唱機聽著自己喜歡的音樂，聽著聽著，你忽爾想起，你愛過一個人。啊，原來你愛過這個人，那彷彿是很遙遠的事，你記得那些細節，可是，已經一點感覺也沒有了。這就是忘記。

有一天，別人提起某某，你才猛然想起，你好像愛過這個人，已經不記得了。這就是忘記。

如果時間沒法令你忘記那些不該記住的人，我們失去的歲月又有什麼意義？

不如重新結束。

有人說，好的開始是成功的一半，然而，愛情應該是例外的吧？開始時總是好的，如果不好，怎麼會開始？但是好的開始絕不代表成功。

我們的問題是，我們懂得開始，卻不懂得怎樣結束。

男人很懂得跟一個女人開始一段關係，他說不定有十種方式來跟女人開始，可是，他卻不懂得怎樣去結束一段關係。

男人是不懂得結束的。

男人會苦惱地請教朋友：

「我應該怎樣跟她說分手呢？」

到頭來，他只好婆婆媽媽地拖下去，然後由女人決斷地結束這段關係。

開始並不困難，最困難是結束的時候。

大家關係破裂，要結束也比較容易，可是，大家根本還是很喜歡對方，只是環境不容許繼續相愛，這個時候，怎樣結束？

從此不見面，心癢難耐。

以後做朋友算了，然而，已經去到那個地步，回頭怎麼做朋友？

由誰去結束這段關係，是不是由兩個人之中較狠心的一個出手？這個時候，大家寧願從來沒有開始。

說什麼不如重新開始，都是自欺欺人。無法再繼續的感情，永遠不可能重新開始。

我們要學習的，不是怎樣開始，而是怎樣結束，結束得好，才可以留下美麗的感覺。上一次，我們結束得太差勁了，不如我們重新結束。

當你撫愛回憶。

有些事情，是結果比過程重要的。

要是一本小說不好看，那麼，作者花了多少時間，嘔心瀝血寫這個故事，為這本書掉了多少眼淚，甚至精神失常，或是妻離子散，都是沒意思的。不好看就是不好看。

要是你在戲院看了一部爛片，你會關心那個導演和編劇花了多少心血去做這部電影嗎？你會好奇他們推了多少機會只為拍好這齣戲嗎？你又會想知道他們吃了多少苦頭嗎？你只想拿回你買戲票的錢，你才不想聽任何藉口。

一個廚師的菜做得不好，誰會有興趣聽聽他花了多少工夫預備這道菜，用的材料又有多麼講究？

作品就是作品，想要拿出來見人，想要賣錢或是贏取掌聲和榮譽，當它成功，過程才有意思，甚至感人。我們難道笨得還不知道，失敗者的掙扎故事只是社會悲劇，成功者的掙扎故事才是閃爍的傳奇？

創作從來都不是人生或愛情，只在乎參加而不在乎勝利。

你沒法不去參加你的人生，正如你沒法不參加自己的婚禮。愛情卻是自願的，即使是彷彿神推鬼使地愛上一個人，難道不是你心甘情願為他丟掉魂魄的嗎？

若是修成正果，我們最回味的卻往往是開始的時候。若是今生無法廝守，那個過程已經是最好的禮物。再過一些年月，當你撫愛回憶，你會發現，留下來的，只有我們彼此的好，而不是壞。

最難消受。

有一天，你從朋友口中聽到那個人的名字，朋友以為你想知道他的事，於是絮絮地告訴你他的近況。你聽著聽著想起從前和他一起的美好時光。那時為什麼會分手呢？到底是因為太年輕了？性格不合？還是因為時間不對？

隔著那麼遙遠的日子，再度聽聞他的時候，往事重回心頭，竟有一份淡淡的惆悵。

又或者有一天，在毫無準備之下，你在街上看見了他。他沒看到你。於是，你可以站在遠處靜靜地看著他的身影。

他還是一個人。

他已經愛上了別人麼？

他結婚了嗎？

他還是像你一樣沒忘記往事麼？

他好像老了。想想看，原來跟他分開已經有那麼長的一段日子了。

那時候為什麼鬧得沒法不分手呢？

要是你當時不那麼任性，你會珍惜他。

要是你們晚一點相識，也許就能夠彼此遷就。

同他一起的日子，還是挺快樂的。

那天之後，沒想到你又遇見他。這一次，他看到了你，兩個人不自然地打招呼，說著問候的話，然後無話了。

並不是你現在不幸福，也並不是你後悔跟他分開了，有些東西是沒法挽回的，有些人，過去了就沒法重來。時間沖淡了往事，卻留下了好像比原本更詩意的感覺。

美好的回憶最難消受。

愛的時候，我們也長大。

許多年前，一個心碎的女孩寫信給我，告訴我，她愛的那個男生不愛她了。他們是同學，雖然分手了，每天上學還是會見到對方。她沒有辦法避開他，每次看到他還是會覺得難受，他卻好像已經忘了她，很快就跟另一個女同學交往。

她問我，她該怎麼辦？他是她的初戀，她放不下。我跟她說：「他都不愛你了，你好好努力讀書吧，沒有比這更爭氣的事了。」

七年後的一天，我收到一封遠方的電郵，是她寫給我的。她告訴我，她就是七年前曾經寫信給我的那個女孩。那時候，她是高中生，失戀的日子，是我叫她好好努力讀書、叫她爭氣。她真的有很努力讀書，拿了全校第一名，老師和同學都對她刮目相看。可是，那個男生並沒有因此回到她身邊。他還是不愛她。她終於明白，他是不愛她的。

後來，她到美國留學，以優異成績畢業，如今在異鄉擁有一份自己喜歡又薪水優渥的工作，也有一個很好的男朋友。她告訴我，這是她七年前傷心欲絕的時候沒想到的，謝謝我當時鼓勵她。她好奇地問我，為什麼我當時會懂她？

我們不都是這樣一路走來的嗎?並不是我懂得更多，只是我多走了幾步。

這一生，有些男人只是過程，卻只有一個會是終點;有些男人讓你長大，卻只有一個會陪你終老。有些男人曾讓你傷心，卻不會永遠讓你傷心，他們留在你心裡的，到頭來只有那些依稀的往事與模糊的記憶，多少年過去了，你唯一記得的，只是當時的自己，而不是你當時愛戀的他。

曾幾何時，你為一個人肝腸寸斷，苦苦咬著牙爬起來，揮淚奔跑，卻一邊跑一邊回頭，看看他是否還在看著你。你多麼希望他在看，你所有的奔跑都是為了他。然而，跑著跑著就這樣跑遠了，不再掉眼淚了，你突然就發現，他是否看到已經沒關係，你都不在乎他了，你是為自己奔跑。後來的一天，當你回首，你也許會發現，這個你曾經撕心裂肺地愛過的男人已經追不上你了，他不過是落在後頭的小得看不見的一顆黑點。

開始的時候，也許是為了另一個人而奔跑，是被迫的、無奈的、是不跑不行，然而，每一次的心碎、每一次揮淚奔跑，都讓我們從幼獅蛻變。當你強大了，你才會遇到比你強大的；當你變好，你才配得起更好的。

我們不都是這樣的一個跑手嗎？只有當你願意起跑，你才會知道真正適合你的原來不是你曾經愛過的那些，也不是你曾經牢牢抓住不肯放手的那一切。在你奔跑的時候，風景在變、你追逐的東西也在改變。每一條岔路、每一個山坡與低谷、每一場突如其來的暴風雨，都是鍛鍊，無論揮汗或是揮淚，愛的時候，我們也長大。

忠於自己。

從前，愛情最偉大之處是能夠忠於對方，為對方付出、犧牲或是等待，今天的愛情，強調的也是忠心，不過，不是忠於對方，而是忠於自己。

忠於自己的第一個動作是隨時可以離開，無論跟對方一起多久，只要不喜歡，立即離開，不向對方交代一聲，連分手也懶得說，即使是夫妻，其中一方也可以突然消失。從前的愛情，離合要交代清楚，今天的愛情，忠於自己，自己不喜歡，一走了之，無需負責。

忠於自己的第二個動作是全不介意做第三者，管他有太太、管他有女朋友，只要自己喜歡他便做第三者，不需要承諾，不需要將來，享受著做第三者的快樂與淒苦。

忠於自己的第三個動作是愛情多元化，一個人可以同時愛超過一個人，愛他們每一個人的優點，而又不對任何一個負責任，同時也容許對方愛多過一個人。他們叫這種做分體式愛情，同時愛上兩個個性完全不同的人，是最完美的愛，不能忍受這種關係的，便是不夠瀟灑。

忠於自己的第四個動作是斤斤計較。害怕被對方佔便宜，希望對方付出更多，包括感情和物質。

忠於自己的第五個動作是遲婚，不相信婚姻，享受獨身，不願意為家庭犧牲自己，男人不想被婚姻束縛，女人害怕一旦結了婚便失去競爭力。

忠於自己的第六個動作是不要孩子，為自己而活，不把最青春美好的歲月用來培育下一代。

然而，最悲涼的，是每一個忠於自己的人最終還是渴望有一個人忠於他。

學著做一個高貴的人吧。

你愛一個人，他不愛你。你鼓起勇氣向他表白，他微笑說抱歉。那麼，還要糾纏下去嗎？還要死皮賴臉不肯走嗎？這叫愛嗎？還是這叫強人所難？

你可以愛一個人，與人無尤。你就是愛他，這是你一個人的事。那請你靜靜地不要喧譁，不要告訴對方你的單戀你的痛楚你的偉大。這沒什麼了不起的。天長日久，默默把這份愛藏在心底，這才是高貴的愛。

張張揚揚地表白你的愛，對方都已經說了不要，你還是不走，拚命想法子說服對方接受你、給你機會、要他知道你的愛就是這麼激烈這麼感人，他不愛你是他的損失。這不等於別人已經說了不要你的禮物，你偏偏要塞到別人手裡嗎？

因愛之名，所做的行為卻已經構成騷擾。這樣的愛不是愛，只是自私的佔有。多少悲劇由此而生？女人遇上這樣的男人或是男人遇上這樣的女人，真的是八輩子倒楣。他們如影隨形，如同鬼魅，終有一天，這份一廂情願的癡會逐漸變成恨，恨那個人不知道他的好，恨他害他受苦。

對不起，我都說了不要，我對你再也沒有任何責任了。若是愛，請你把這份愛埋在心裡，學著做一個高貴的人吧。那我會由衷地尊敬你、感謝你對我的好和你對我的情意。沒能愛上你，是我的遺憾。

深情我欠得起。

欠了別人的人情，總有一天是要還的吧？天底下沒有免費午餐，只是，人有時會一廂情願，或者心存僥倖，天真過了頭，以為大大小小的人情債沒有需要償還的一天。

你欠的人情有多大，你要還的人情也就有多大。

我不喜歡欠人家人情。深情我欠得起，人情倒是我欠不起的，要欠我寧願欠感情的債。

世上有那麼多的人，誰要你偏偏愛上我？如果是命中注定，這筆債倒不是我欠你，說不定是你前世欠了我呢。前世你是我放生的白狐，今世你在我腳邊廝磨，難得今生可以再見到我，來向我報恩，你該感謝我為你圓夢才是啊。

就算不相信前世今生，愛情又何曾公平？

有些女人埋怨男人耗掉她的青春，話不能這麼說，男人的青春也是青春，保養得不好的男人例外。

愛情永遠沒法衡量誰賺了誰又虧了，兩個人為什麼要恨恨地數傷口，然後說：「我有六十二個傷口，但你只得五十七個！」相愛的那個過程，你也是享受過的吧？

有一天，緣盡了，不要去計算誰欠了誰。都是自願的，憑什麼說：「如果不是你，我會比現在幸福，會比現在過得好！」這些苦澀而沒意義的話？如果不是我，你也有可能是一片空白。

江湖再見的那日，別問是緣還是債。情本來就是債，只是，我們往往要等到情盡的那天才恍然。

只能做女朋友。

女人在決定嫁不嫁給一個男人的時候，首先考慮的，是自己愛不愛他，他對自己好不好，他是否可以給她幸福，然後，她才考慮他的經濟能力、他的上進心、他的將來。

愛，是結婚最大的理由。

原來，男人不是這樣想的。

男人在決定要不要娶一個女人的時候，他首先考慮的，是她可不可以跟他的家人好好相處，假如她沒法和他的家人相處，那麼，即使他很愛她，他也不一定會和她結婚。

男人怕煩，結婚之後，太太和自己的媽媽或者姊妹相處不來，會給這個男人帶來很多麻煩，他寧願要一個溫順的女人。一個任性的女人，只能做女朋友。

記得還在念中學的時候，有一次跟爸爸吵架，他非常生氣地對我說：「你這個人太主觀、太固執了，你將來一定要嫁一個父母雙亡的男人，否則人家的爸爸媽媽才受不了你。」

當時我很不甘心。今天，我覺得我爸爸真的很了解我。

跟一個男人相處不難，跟他的家人相處，卻不容易。雖然刁蠻任性的你已經為他改變了很多，他太清楚你的本性了，知道你這個人不適合當太太，他寧願要一個他沒那麼愛的女人。

因為我們都寂寞。

要是一個男人一開始就坦白跟你說，他是不會結婚的，但你仍然選擇跟他一起。那麼，後來當你想結婚，他不願意，錯的是誰呢？

你埋怨他不肯跟你結婚。你覺得，他要是愛你，是會跟你結婚的。你沒想過，兩個人一起的日子那麼快樂，他竟然絲毫沒有改變初衷。

這是你一廂情願的想法。他做錯了什麼呢？他一開始就對你坦白，他沒有騙你說會跟你結婚。為什麼到頭來卻好像他騙了你？你是寧願他開始的時候說謊嗎？

既然結果是一樣，是不是謊言永遠都更為動聽？

他是不是犯了坦白的錯？還是他犯了無情的錯，一起那麼多年，始終不肯跟你結婚？一開始，當他說他不會結婚的時候，你為什麼還是一頭栽進去？

是不是那時候你覺得無所謂，後來卻不這麼想了？

你也許不該怪他，要怪就怪你當初為什麼愛一個不會結婚的男人。或者，要恨就恨他愛你沒有你希望的那麼深。

你若問我，我會說，一個一開始就表明不會結婚的男人，最好還是不要愛。那不是因為你想結婚，而是一個能夠這麼跟你說的男人，將來能有多愛你呢？他也太小看你了。

相信我吧，男人是會結婚的，他只是不會跟你結婚罷了。

你又為什麼一定要結婚？

結婚只是一起終老的願望，並不是終老的事實。

我不是不相信婚姻，我是不相信人。

我嚮往白頭偕老，但是，當你了解婚姻，當你了解人性，你會明白，你不一定能夠跟你愛的那個人一同老去，一起凋零。

許多看來幸福的婚姻，都有它破碎的一面，只是你沒看見。

那麼，為什麼還是要結婚？因為我們還是很想相信。因為我們都寂寞。

當你了解婚姻，當你了解人性，你會明白，
你不一定能夠跟你愛的那個人一同老去，一起凋零。

自己的騙子。

「世界上所有男人都是騙子，所有女人都會受騙，不同的是，幸福的女人找到了一個大騙子，會騙她一輩子。不幸的女人找到了一個小騙子，會騙她一陣子。昨天在網絡上看到的，小嫻你說世界上是大騙子多還是小騙子多？」

首先，這麼說對男人太不公平了。世上不是只有男騙子，也有很多女騙子。被騙財的男人多如恆河沙數，被騙色的男人好像不多。男人而被騙色，應該也不好意思說出來。到底有沒有被女人騙財騙色的男人我不知道，要是一個男人有財又有色，女人大概是愛他也來不及，哪裡會想騙他？

女人會被騙，男人何嘗不是？只是，被騙的時候，大家都以為那是愛情。

兩個人能夠廝守一輩子，那便是永遠，別再問什麼是永遠。同樣地，要是被騙了一輩子，那便不是騙。有些事情你永遠不知道，那能說是騙嗎？

我們只能相信自己所看到的，我們只能相信時間。

當我看《小團圓》看得暈頭轉向的時候，我也不得不慨嘆，精明如張愛玲，不也曾愛上騙子嗎？

你問，世界上是大騙子多還是小騙子多？

我們都是自己的騙子，是自己的小騙子，也是自己的大騙子。人不都是很會騙自己的嗎？自欺也許是為了自我保護。快樂的騙子騙自己一輩子，然後就連自己也相信了自己。感傷的騙子每次騙自己一陣子，內心卻清醒得很，終究還是騙不了自己。

在愛情裡，也許我願做一個小小的騙子，騙騙我愛的那個人，讓他這個糊塗鬼相信我是很好很可愛很溫柔很弱小很需要他保護的，然後，我也騙騙自己，相信我所愛和愛我的那個人是我今生最好的禮物，我再也不欠什麼了。

有情吃泥飽。

加西亞・馬奎斯《百年孤獨》裡的莉比卡是個為愛情吃泥的女人，當她愛上亞克迪奧，她貪婪地吃起泥土和牆上的石灰，拚命地吸吮手指頭，以致大拇指上吹出一個老繭。

連泥土也肯吃，尊嚴當然更不重要。

那天，一個女人說，她仍然在等待她男朋友回心轉意。

那個晚上，她在家裡，他忽然跟她說：

「你是否覺得我的床太擠了？」

他言下之意是想她離開，她裝作不知道，還說：「是嗎？我不覺得。」

他索性告訴她：「這張床真是太擠了，我想一個人睡。」

她只好哭著收拾包袱離開。

他當然不是覺得那張床太擠，他只是想和另一個女人睡。

離開他的家以後，她還是纏著他，希望他回到她身邊，她跟他說：「無論你有多少個女人也不重要，我只要做你其中一個女人。」

但他還是不要她，為了尊嚴，她走了。

九個月來，她依然天天惦念著他，他偶爾打一通電話給她，她便樂上半天，可是，他的電話卻不再打來了。

我說：「你不覺得一個以床太擠作為分手藉口的男人沒什麼承擔嗎？他不會是個好男人，你該愛惜自己的尊嚴，不要再找他。」

誰知她說：「我以前也是這樣想，但是等了九個月，我覺得尊嚴也不是那麼重要。」

行了，她可以去吃泥了。

最愚蠢的愛。

某些故事，你以為只會在電影裡出現，原來，現實裡也有這種人。

收到一個女人的來信，她擁有財富和事業，但是，十多年前離婚的她，一直對男人恨之入骨。她丈夫見異思遷，因此，她認為所有男人都是見異思遷的。她妒忌擁有幸福家庭的女人，也討厭所謂的恩愛夫妻，這些年來，只要知道哪個男人擁有幸福家庭，她便會找機會結識他，然後勾引他。發生關係之後，她既不需要他負責任，也不需要他的錢，她只是要證明所有男人都是受不住誘惑的。

當這些男人愛上她，為她拋棄妻子，她便會把他們踢開，讓他們知道被自己喜歡的人拋棄的滋味。她會找這些男人的妻子，把她和她們丈夫的事告訴她們，讓她們知道，男人都是負心的。她說，她要為天下間那些被丈夫拋棄的女人出一口烏氣。

她問我，她是不是很變態。

我不覺得她變態，我只覺得她可憐。可憐，因為她從沒有真心愛過別人，她自己也承認自己空虛和寂寞。可憐，因為除了報復之外，她什麼也不懂。

被她玩弄的男人，可能會得到妻子的原諒，而她自己，卻只會孤獨終老。報復並不聰明，這幾乎是一種最愚蠢的愛。

是時候鐵石心腸了。

如果一段感情已經進入死胡同，還是愈早結束愈好，拖下去對大家都沒好處。尤其是女人，如果你已經意興闌珊，很想離開一個男人，那便要快點離開他，再拖下去，你很難找到一個比他好的。

一個在台灣工作的香港女孩，六年前認識了一個台灣男孩子，男孩子要服兵役，她好不容易等到他服完兵役，以為可以結婚了，然而，他沒有經濟基礎，為了賺錢，他努力工作，每天加班，讓她覺得很孤單。他們天天吵架，吵了四個月，她終於受不了了，一個人跑回香港，並且打算從此把他忘掉。

最近，她回去台灣工作，他又來找她，幫她搬家，她很感動。正當她準備重新接受他的時候，他卻說家裡的經濟出現問題，不能跟她結婚，叫她不要再等他。在她心灰意冷的時候，他卻又忽然出現，一天晚上，當她回到家裡，發現他在她家裡，買了她前些日子說過想吃的東西來，有水煎包、臭豆腐……她有點感動，也有點沮喪，他們是不是又要回到從前？她走了那麼多路，是不是還是回到原地？

一段感情走到燈火闌珊的時候，是應該理智地把它畫上句號的時

候了。她已經不像從前那麼愛他，一次又一次的感動，到頭來只是辜負自己的青春。女人到了某一個年紀，應該鐵石心腸些。

那些為我哭過的男孩。

我不是收集眼淚的人，可是，那些為我哭過的男孩，如何忘得了呢？

看著我所愛的人為我掉眼淚的那一瞬間，我是難過的，也夾雜著深深的歉疚與不捨。我寧願哭的那個是我；反正，我一直是個愛哭鬼，我的眼淚不那麼珍貴。然而，我愛著的那個人，他的眼淚是珍貴的。

許多年前，一個小學老師寫了一封長長的信給我。遇到感情挫折的她，在信上很感慨地說，每天面對著一群天真可愛的小男生，就是想不通，為什麼這些小男生長大之後會讓女孩子傷心？

為什麼想不通啊？有多少歡笑，也就有多少眼淚。

歲月很公平，當這些小男生長大了、老去了，有一天，他們也許會為一個女孩子掉眼淚。那個女孩是他的女兒。

當我們還是小女孩的時候，我們沒想過，當我們長大了，我們會為一些男孩掉眼淚。我愛的男孩為什麼會讓我掉下悲傷和孤單的眼淚？為什麼要留下我在長夜裡哭泣？然後，我想起他也曾讓我掉下感動和幸福的眼淚。他終究沒有對不起我。

當我們還是小女孩的時候，我們也沒想過，當我長大了，有一天，會有一個男孩為我掉眼淚。一直以來，我們所受的教育，不都說男兒有淚不輕彈嗎？為何一個堂堂男子漢會像個無助的小孩似的，為我流下酸澀和痛苦、甚至卑微的眼淚？而我竟然無動於衷？

當他是我所愛，他的眼淚才會使我心痛。然而，當他不是我所愛，或者愛已消逝的那天，淚水和哭聲已經太遲了，點點滴滴，永遠不會落在我心頭。

我是多麼無情的人？有時候，就連自己也覺得慚愧。於是，只好跟自己說，因為多情，才會無情。於是，也學懂了，絕對不會在一個已經不愛我的人面前哭，我才不要用眼淚為他鋪出一條離別的路。

年深日久，別人的眼淚把我們教聰明了，我們的眼淚也把別人教聰明了。要是淚水跟愛情是分不開的，那麼，我會把那些感動過我的淚水永遠留在記憶裡。當我老了，兩眼昏花，已經再也不會那麼容易掉眼淚了，回憶裡某個男孩的淚水也許依然能夠擦亮我憔悴的眼眸。這時，我不再覺得心碎，只會對著往事微笑，告訴自己，曾有一個人這麼愛我。

愛一個人，總難免賠上眼淚；被一個人愛著，也總會賺到他的眼淚。愛與被愛的時候，誰不曾在孤單漫長的夜晚偷偷飲泣？我們一再問自己，愛是什麼啊？為什麼要愛上一個讓我掉眼淚而不是一個為我擦眼淚的人？他甚至不知道我在流淚。

每個小孩呱呱墜地的那一刻不都是放聲大哭嗎？到了離開的那天，幸運的話，會有人為我哭泣。可是，那一天，我也許已經看不到了。

出生的那天，我不會記得我哭過；死亡的那一刻，我也不會看到誰為我哭泣。

這紅塵中匆促的一生，惟獨途中的眼淚是我看得到的，是我會被這份深情打動，會伸出一雙手去為他抹乾眼淚的。

是那些為我哭過的男孩，使我明白愛情的甜蜜與苦澀、寂寞與荒涼。我帶著眼淚來，也帶著眼淚離開，我與這世界，兩不相欠。

愛火，未許重燃。

男人時常有一個幻想，就是希望可以跟那個他無法忘懷的舊情人再相愛一次。

當年因為性格不合，雙方黯然分手，他一直沒有忘記她，許多年後，兩個人偶然重逢，那份感覺原來還沒有消失，他興奮地再跟她談一次戀愛。

愛火重燃之初，大家都努力做得比第一次更好，偏偏因為太努力，卻反而無法盡情去愛。

他嘗試改變自己，她也嘗試遷就他，兩個人難得再走在一起，大家都害怕會失敗，只是，性格本來就是不可以改變的，他是一隻猴子，雖然穿了人的衣服，但始終還是按捺不住做出猴子的動作，她埋怨說：「你始終沒有變。」

他心裡想：「其實你也沒有改變。」

溫馨的日子過去之後，老問題又出現了，以前沒法解決的問題，今天依舊沒辦法解決。原來，他們從來都沒有為對方改變。

如果沒有重逢，沒有再走在一起，也許，她會在他的回憶裡留得最久，他會刻骨銘心地記著她，會幻想和她再愛一次，然而，當他和她有機會再走在一起，幻想卻破滅了，這一回，他很清楚知道，他和她根本是不可能的。第二次再分手，他也不會像上次分手之後那麼愛她。

愛火重燃，只能使一段舊情無法永恆。

她埋怨說：「你始終沒有變。」他心裡想：「其實你也沒有改變。」

曾經深深愛著的那個人。

常常有讀者問我記不記得所有我寫過的故事。怎麼說呢？就像往事，也像故人，有些我記得，有些我沒記得那麼鮮活了。

人老了，記憶也會隨之老去，驀然回首，你也許會惆悵又迷糊地問自己：「我是那樣愛過一個人嗎？」然後你知道，那樣癡心的愛，再也不復還了。

感情有時是依靠著回憶來滋養的。記得當初那麼幸福甜蜜，愛得那樣死去活來，所以才會拖延著一段已經不再幸福的關係，騙自己說：「會變好的。」只是，回憶也有耗盡的一天。就像我的小說《再見野鼬鼠》故事裡的邱歡兒，愛著青梅竹馬的區曉覺，不願意承認他已經變了，已經不再愛她了。

愛著一個不愛你的人，是很卑微，很卑微的。含笑飲毒酒、也得為一個值得的人。他值得的話，那壺酒雖然很烈很苦，喝下去卻也是甜的。他不值得，那壺酒便是劣酒，只有笨蛋才會含笑灌下去。

但是，一個人要卑微到什麼程度才終於看到自己的卑微？又要耗盡多少回憶才會發現手上已經沒剩多少回憶可以用了？到底要卑微到什麼境地才肯清醒？又要耗掉多少回憶才肯放手？

曾經深深愛著的那個人，儼然是熟土舊地，宛若故鄉的一片山河，浩瀚塵世，普天之下，你只曉得這個地方，全然看不到它早已經成了荒蕪。直到一天，終於死心了，幽幽地轉過身去，才發現背後一直也有另一片山河。於是，所有的卑微都終結了，即使那壺酒是甜的，以後也不見得會為任何人含笑飲毒酒。我們從來就沒有自己以為的那麼深情。

早失戀早好。

突然發現，失戀好像是離我很遠的事了。

就像成名要趁早，失戀也要趁早。是早失的早好。早失的戀，可以趁著還有大把青春的時候再戀愛；或者不停的再失戀。直到一天，當你有些年紀了，失不起戀了，只有戀或不戀，已經無所謂失戀。

失戀、失身和失意，假如必須選擇其中一樣，你會怎麼選？挺難選的吧？也許，你終歸還是會選擇失戀。失戀原來並不是最壞的啊！

當然了，早失戀不一定能夠再找到新的戀愛，失戀後，也許一直遇不上喜歡的。假如真的是這樣，也還是早失戀的早好，難道四十歲才初戀，然後四十五歲失戀嗎？那真的是要了老命啊！

可不可以不失戀？可以是可以，不戀愛就可以不失戀。

每一次戀愛，也有一半機會成功，一半機會失敗。我是個悲觀的人，總覺得是失敗的那一半機會比較多。兩個截然不同的人走在一起，如何能夠走到地老天荒？太不容易了。直到一天，失過戀了，吃過苦了，遇到另一個人，終於明白緣分也是要珍惜的，再也不會像從前那樣浪擲青春，也終於知道怎樣去遷就和包容一個愛你的人。

那麼，失戀的機會也就相對少一些。

假如終歸還是孤單一個人，那也不算是失戀，那只是人生。如此而已。

再見也無言。

Y與女人有一段十年的苦戀，那時，在香港，他已婚，她未婚，她無名無分地跟他一起。他不能離婚，他妻子兒女需要他。為了逞強，她也說明不會嫁給他，叫他不用離婚。

「你不會是一個好丈夫。」她對Y說。

Y的妻子開始懷疑他們，女人為了繼續跟Y一起，毅然嫁給一個男人。

他們一個背著丈夫，一個背著太太，繼續來往。年深日久，女人漸漸愛上了她本來不愛的丈夫，為了離開Y，她毅然與丈夫移民到外國。

女人移民以後，生了兩個孩子，過著平靜的生活。Y在失去她之後，才發現最愛的是她，但他不敢叫她回來，他負不起這個責任。

這一年，Y到國外出差，會在她住的那個城市轉機，他約了她在機場見面。只有一個鐘頭的時間，她帶著兩個孩子匆匆來到機場餐廳跟他見面，兩個人相對，萬語千言無從說起，今生今世，已經不可能再一起生活了。

我問他：「最後一次見面，是浪漫還是傷感？」

Y吃吃地苦笑：「我和她見面的一個小時裡，有四十五分鐘，她是忙著餵兩個孩子吃東西，然後就是叫他們不要四處跑。」

這就是人生吧？

舊情人與老人。

長大和老去意味著什麼？是不是人在失去了一些青春之後才終於明白性格是不會徹底改變的，惟有時間與際遇會改變我們生活在世間的方式和我們對許多事情的看法？

譬如說，我以前總覺得不可以跟舊情人做朋友。為什麼還要做朋友啊？尤其是陰魂不散，老是像投胎不成的冤鬼般纏住你，不肯接受現實的舊情人。那些在一起時對你不好的，也沒有跟他做朋友的必要，你只想他永遠不要過得比你好。

然而，許多年後，我漸漸明白，有些舊情人不能做朋友，另一些卻可以。有些舊情人，可以做情人，不適合做朋友；另一些舊情人，不適合做情人，卻可以做朋友。

大部分人都無法跟舊情人做朋友，只是因為能做朋友的舊情人太稀有了，更別說做好朋友。

兩個人分手的當兒，是不可能做好朋友的。「我們以後還是朋友」這些陳腔濫調，只是讓自己和對方覺得好過些，當真的話，只會換來失望。然而，傷痛過後，有緣再見，餘音未盡，你會發現，你跟

這個人說不定可以做一輩子的好朋友。

也許，你們前世已經做夠了一對幸福的戀人，早就把今生再廝守的緣分透支；留給這一世的緣分，不多不少，僅僅夠你們做一對曾經相愛的好朋友。

戀愛往往使一個大人變回小孩子；每一次的分手，卻逼著我們學習做一個大人。有一天，當我們能夠跟曾經深愛的舊情人成為肝膽相照的好朋友，也許，我們已經是個老人了。

我愛過，所以我活過。

有人說，人沒有愛也可以活著。

那當然了。

沒有愛，沒有鮮花，沒有書，沒有畫，沒有音樂，沒有電影，沒有嗜好，沒有朋友，沒有貓咪和小狗，沒有寵物，沒有香水，沒有酒，沒有咖啡，沒有夢想，沒有願望，沒有一兩件想得到的東西，沒有壞習慣，沒有思念和喜歡的人，沒有遺憾，甚至沒有希望，人還是可以活著的。

然而，是這些微小的東西建構了我們活著的幸福和感傷。是有一些東西，大於生命。

要活著，只需要溫飽。

可是，有愛的活著，終究是幸福許多的。

我們想得到的，我們追逐的，我們愛上和喜歡的東西，不全是好的。

我們流的眼淚，不一定都是值得的。

我們都沒有自己以為的那麼聰明。

我愛和愛我的人，還有我自己，也都不是那麼好。

然而，有可以浪擲的東西，也有很想珍惜的人，有追尋，也有墜落，醉過一場，也清醒地看過人間色相，人生才不是空中鳥跡，飛過不留痕。

到了離去的那一天，我可以微笑說：「我愛過，所以我活過。」而不是：「我生存過。」

4

PART FOUR

心中的答案

留一片夜色。

每個人青春年少的時候，也許都有過一個階段，覺得這個世界上沒有人了解自己。

我們憧憬著將來會遇到一個人，他愛我，他也很了解我。

然而，後來的後來，我們不了解一個人，還是會愛他。正如我們不了解自己，也還是會恨自己。有一天，我們沒那麼年少了，我們終於發現，無論是生活的伴侶，還是靈魂的伴侶，也不可能完全了解彼此。人在內心最隱密之處，到底埋藏了多少秘密，是即使最親密的人也不知道的？

為什麼要渴望被人了解呢？這種想法多傻啊？根本我們都不是那麼了解自己。

這一生，我們總是用很多方法去了解自己：星座，占卜算命，紫微斗數，生命密碼，生日花，塔羅牌，九型人格，心理學，以至宗教和愛情。

到頭來，我們又了解自己多少？

要了解一個人，才可以愛他。這種想法是不是應該留給青春年少的日子？

當你再老一些，你甚至不希望任何人了解你，好像已經沒有這個必要了。

我們為何要深入去探究自身最親近也最遙遠的一片內陸？

我們又為何堅持去探究自己愛著的那個人所有的一切？

原來，當你了解自己多一些，你反而會願意不去了解你愛的那個人多一些。這是你青春年少的時候沒法想像的。那些日子，我們總以為，愛情就是把兩個人緊緊地綑綁在一起。當你愛我，你就要了解我。

這樣的結果卻是：當你了解我，你就不愛我了。

當我們不再青春，不再年少，我們才終於願意丟開那個了解的包袱。你可以愛一個人，而不必完全了解他，你只需要是最了解他的那個人。

你可以不完全了解一個人，卻還是愛他愛得一塌糊塗。

把你沒能了解的那一部分，悄悄留給他，那就是你用愛留給他的一片夜色。那也是你對人生和對自己的了解。

當時只道是尋常。

所有事情，是不是在行將失去或是已經失去的時候，我們才會發現它的好，才會覺得萬般不捨？

那些一起走過的日子，那些甜蜜和酸澀的時光，那些笑聲和眼淚，那雙牽過的手，親吻和擁抱，耳鬢廝磨，兩個人之間絮絮叨叨的家常話與綿綿情話，一次又一次的吵嘴與事後的和好，當時只道是尋常，直到一天，無奈要割捨，或是知道必須要割捨，我們幡然醒悟，曾經以為的尋常往事，如許細碎，卻也不會重來。

於是，我們禁不住責備自己，當擁有的時候，為什麼不好好珍惜？

然而，所有事情，是不是只要珍惜便不會失去？抑或，曾經傾心付出，曾經珍惜，也就可以無所悔恨地抹一把眼淚，告訴自己，向前走吧，別再回頭了。

當我們緬懷逝去的愛情，恍然明白，那些尋常往事，是生命中最綺麗的波瀾，所有的深情，原來是由許多細碎的時光一一串成的，就像一串亮著迷濛微光的小燈泡，靜靜地俯伏在腳邊，照亮著我們彼此

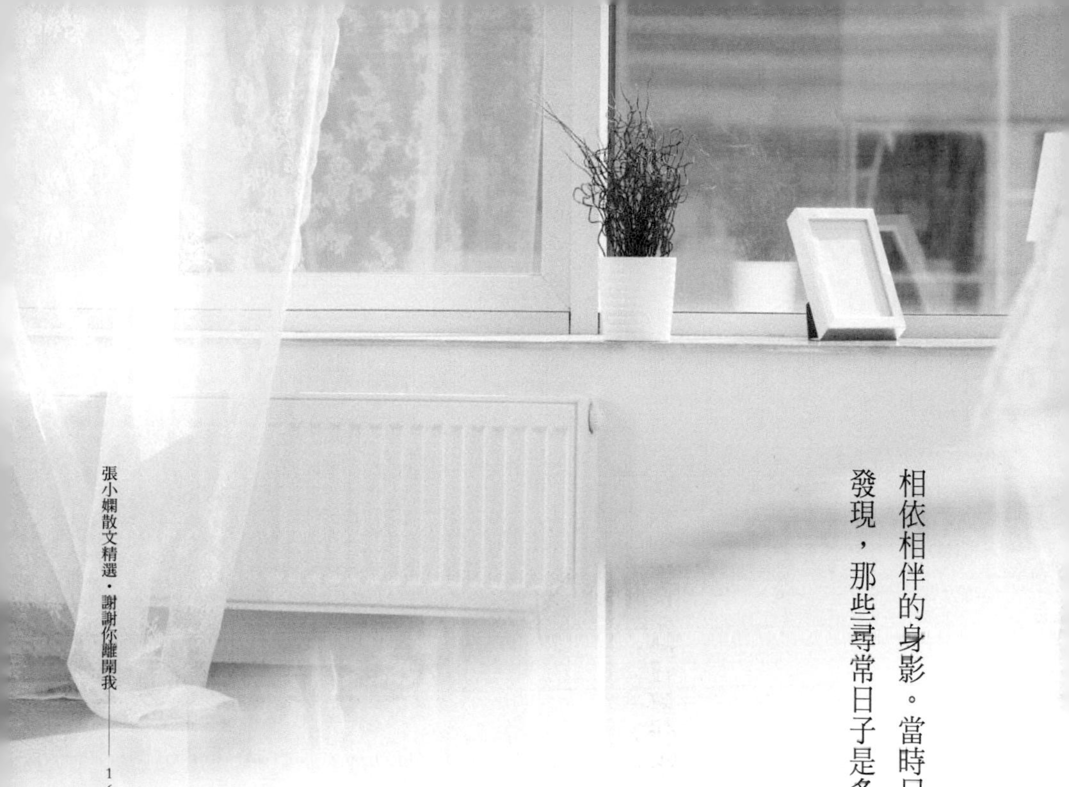

相依相伴的身影。當時只道是尋常，直到一天，燈火已闌珊，我們才發現，那些尋常日子是多麼美好的祝福。

渴望的，才是最好的。

人們總是說「得不到的，是最好的。」曾幾何時，我也是這句話的信徒。可是，如今我已經成了叛徒。

「得不到的，是最好的。」好比一位詩人一直想寫的一首詩，那將會是他最耀目的作品，是他一輩子最好的一首詩。可惜，他沒有寫出來，到死也寫不出來。

得不到的人就是那首寫不成的詩，這是多麼唯美的自憐和自欺？我並不是沒有很想得到卻得不到的東西，而是我知道，我想得到的那樣東西，是不合理的，是要別人為我犧牲和承受痛苦的，那麼，得不到也是活該。

得不到的愛情是一個詩意的傷口。然而，它終有一天是會癒合的，只留下淡淡的痕跡，淺淺的哀愁。歲月會讓你忘掉它。

有人問我：「為什麼我們總是在失去一個人之後才覺得他是最好的？」

那有什麼話好說呢？得到又失去，你會認為自己根本沒得到過。當我們選擇了一條路，就沒可能同時也走另一條路。你可以回頭再走，然而，路上的風光也許已經不一樣了，原本在那兒守候著的人也離開了。

為什麼我沒得到你？也許是我根本不想去爭取。這是我們的宿命。得不到的，一旦得到了，便不會珍惜。在如花似錦的愛情裡，得不到的並不是最好的。你已經得到，天長日久，他一直守候在你身邊，你卻依然渴望他，這種需要從未間斷，那才是最好的。

不能捨棄的東西。

你捨棄一些東西，便會得到另外一些東西，你不去束縛一個男人，他反而乖乖留在你身邊。你捨棄一些自大，也許會得到關心。然而，有些東西是不能捨棄的，譬如為了愛情而捨棄自尊，為了要一個男人內疚而捨棄自己的生命。

女人為了愛情捨棄事業和夢想，常常會讓男人感動。男人為了愛情而捨棄事業和夢想，卻往往會令女人失望。

男人可以為一個女人捨棄無謂的應酬、捨棄一些自由、捨棄一點點面子、捨棄壞習慣……但他不能捨棄事業和夢想。

沒有夢想的男人，一點也不可愛。

他每天風塵僕僕謀生不緊要，最緊要他心裡還有夢想，為了追求女人而放棄自己的夢想，這種男人是女人不願意看到的。嫁給一個沒有夢想的男人，好比嫁給一塊石頭，早晚會給他悶死。

女人很矛盾，她會埋怨男人專注事業而不關心她，然而，男人整天陪著她而無心工作的話，她又會嫌他沒出息。她希望他事業有成又對她呵護備至，這不是奢望嗎？只能選擇其一的話，大部分女人還是希望男人專注事業的。對工作專注的男人，才能夠給她安全感。男人為夢想而捨棄愛情，總勝過為愛情而捨棄夢想。

心中的答案。

一段愛情是不是可以開花結果，到底是緣分還是努力？其實我心中早已經有答案。

沒有緣分，怎麼努力還是不成。要是緣分注定了兩個人誰也離不開誰，那麼，想要分開也不行。

要努力才能夠守住的一段關係，也太累人了吧？何況，努力不見得就能夠留住一個人。愛要消逝的時候，千軍萬馬也攔不住。

當你愛一個人，你只需要拿出一點點努力。那份努力有若行雲流水，不著痕跡。你不覺得自己在遷就他，不覺得你為了他苦苦改變自己，也不覺得你為他捨棄了些什麼。他愛你，他為你做什麼都願意，都不苦。你做什麼他都覺得可愛，連別人看不到的優點，他都看得到。他就是那麼愛你。

直到一天，他沒那麼愛你了，你好像也不愛他了，曾經以為可以廝守到老，無奈只是擦肩而過，惆悵回首。愛情的消逝，也是了無痕跡。

仍需努力，是為了讓自己問心無愧。我努力過了，可惜我們的緣分比我們的生命短暫。

芸芸眾生，跟你有著廝守終生的緣分的，只能是世上其中一個人，其他的，唯有黯然下台。然而，今生廝守，注定我倆誰也離不開誰的這種緣分，到底是幸福的，還是也夾雜著淚水，苦樂參半？我沒有答案。

仍需努力，是為了讓自己問心無愧。
我努力過了，可惜我們的緣分比我們的生命短暫。

我們都是風箏。

我在西安的大學演講時，讀者問得最多的，是關於等待。大學裡的戀人，畢業後，為了生活和美好的前途，其中一方選擇離鄉背井，跟心愛的人分開。有好多年的時間，兩個人一年只能見一次或是幾次，那麼，留下的那個人，到底要不要等？

等還是不等，我沒法告訴你。我說不要等了，你捨得嗎？我說你等吧，你等不到，會怪我嗎？

後來有一天，我問陪我到西安的內地編輯，這些異地戀通常可以開花結果嗎？

答案跟我心裡想的一樣。她說：「最後多半是會分開的。」

要等一個人，從來不容易，何況，他根本不在你身邊。分開的那一刻，說不盡的千言萬語，流不完的眼淚，說好了要一直守候。但是，人一走了，就是放了出去的風箏，那根線是那樣的輕，太難抓緊了。

青春年少的戀愛，即使天天黏在一起，也還是有太多的變數，何況見不到面？

思念就跟愛情一樣，是會耗盡的。頭一個星期，我很想你。第二個星期，我更想你。又一個星期過去了，我想你想得很苦，恨不得馬上奔跑到你身邊。然而，到了第四個星期，我發現我沒那麼想你了。不是不愛你，而是我知道，這樣的想念是沒有歸途的。日復一日，我再怎麼想你，還是見不著你，摸不到你，只是用思念來苦苦折磨自己。我得過自己的生活。

多麼傻啊？曾經以為，離開的那個人，是飛遠了的風箏，然後有一天，仰頭看著天空的一剎那，突然明白，留下來的，對於離開了的那個人來說，又何嘗不是一隻高飛的風箏？

你問，這麼說，你是說不要等嗎？

我說過我沒法告訴你。

曾經那樣相信愛情，曾經那樣癡心地等待一個人，終究是屬於青春的。有些人最後等到了，有些人等不到，或是不等了。

從前，我會說，等待是一份守候，需要彼此的忠貞。而今，我會

說，等待的過程裡，兩個人改變了多少，有沒有跟別的人一起過，都不重要了，最好不要去計較，也不要知道。給你等到了，他就是你的。百轉千迴，還是選擇回到你身邊的，就是想跟你過日子。

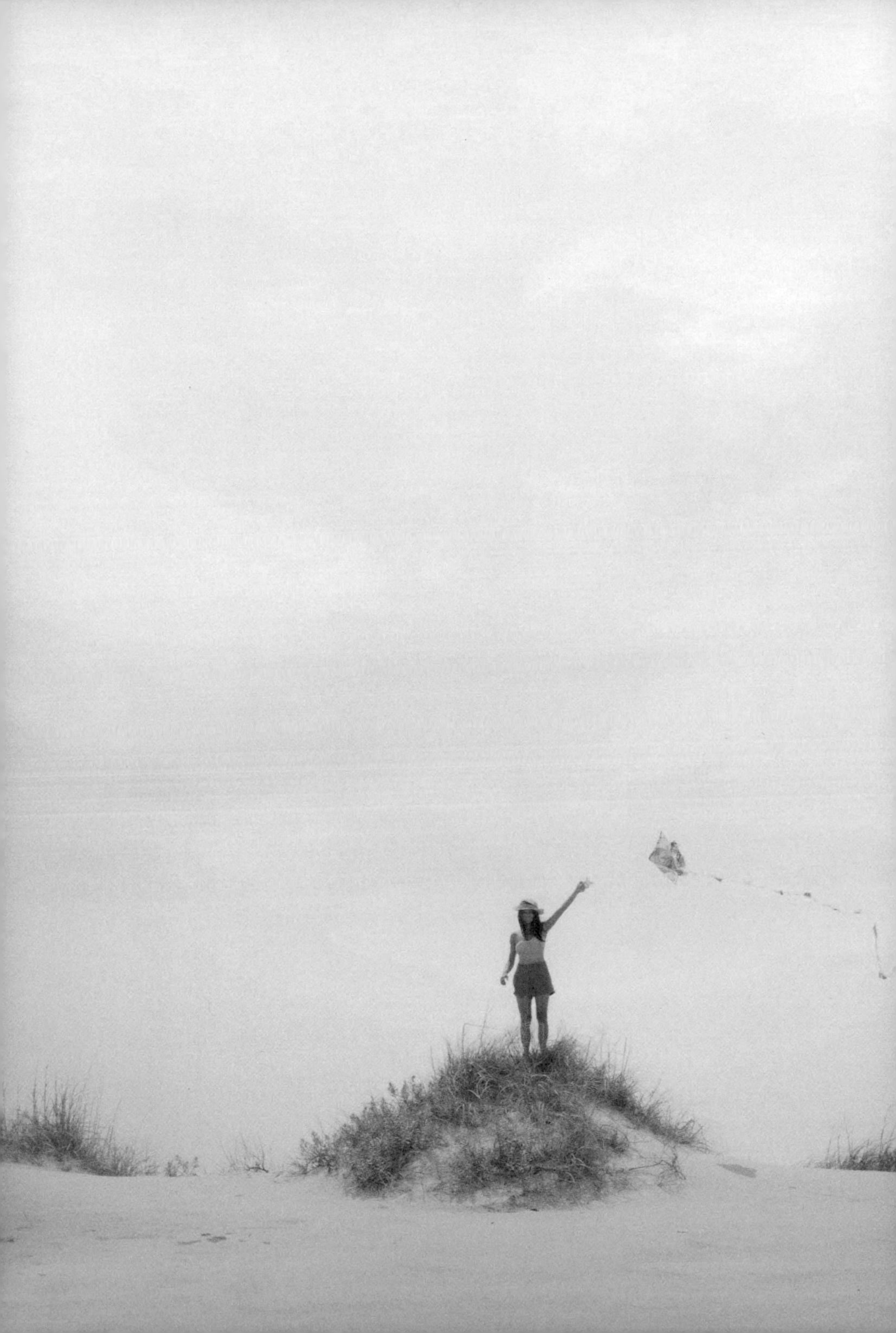

世上的另一個我。

矢澤愛的漫畫《NANA——世上的另一個我》改編成同名的電影，比原著漫畫好看。故事說的是兩個同是二十歲，同是叫NANA，性格卻迥異的女孩，如何成為好朋友。

我們不一定那麼幸運，在世上找到另一個自己。然而，戀人卻往往如同一面鏡子，只要不是短暫勾留的，都反映了我們自己的某些特質，那是世上的另一個我。

你為什麼會一往情深地愛上一個某天乍然相逢的人？即使你們的外表和個性看來毫不相似，日子久了，你終於發現，他有另一面多麼像你。

要不是他，你不會發現自己的這一面。

這也許不是你喜歡的一面，你把它藏得很深。直到一天，你竟然在戀人身上看到了這一面。他那些行為多麼像是你會做的，只是你一直不太察覺自己是這樣的。

原來，你愛上的那個人，是失落了的另一個自己。他擁有那些你沒有的優點，也擁有你的缺點。

愛一個人，往往讓我們認識自己。

你是什麼人便會愛上什麼人，他就是你最赤裸的品味，起碼，在你愛他的那段日子是這樣。

一天，你長大了，改變了，他卻沒有改變，你發覺他不若從前那麼像你了，他只是過去的你。

然後，你遇上了另一個人，愛上之後，你驚覺他有一部分也是那麼像你。原來，世上至少有幾個你。長相廝守的那個，不一定最像你，而是來得正是時候。

吃魚的伴兒。

我愛吃魚，已經到了無魚不歡的程度，不管是深海泥鯭、七日鮮、紅斑、海鱸魚、紅鱒魚、鮟鱇魚、比目魚或是罐頭沙丁魚和豆豉鯪魚，我都愛吃。日本魚生更不用說了，他們的烤魚也精彩，每年六月到八月，最好吃的是烤鮎魚，又名香魚。九月到翌年三月，還有更好吃的一種魚，來自北海道，叫喜知次。

吃魚，得找個伴兒。一條蒸魚，最好吃的是魚頭和魚尾，那麼，誰來吃其餘的部分呢？當然是陪你吃魚的那個人。你吃魚臉頰和魚下巴吃得滋滋有味的時候，是他乖乖吃沒那麼嫩滑的魚身。

吃壽司時，兩片同樣的壽司總不會一樣漂亮，你吃看起來比較漂亮、比較肥美的那一片，剩下來的那一片，自然又屬於陪你吃魚的那個伴兒。

要是一條好吃的魚偏偏多骨，替你挑魚骨的，或者教你怎麼挑魚骨的，當然也是陪你吃魚的那個人。

萬一有一條魚，像北海道的喜知次，從頭到尾都好吃，那麼，誰會犧牲自己讓你多吃一點呢？除了陪你吃魚的那個人，還會有誰？

一條蒸魚吃到最後，就數黏在魚骨上的肉最好吃了，那麼，誰會體貼地把那些魚肉刮下來夾到你的碟子裡，讓你拌著飯吃？你已經猜到是誰了。

一個男人肯陪你吃魚、看你吃魚，也讓你吃魚吃到這麼自私和驕縱的程度，他無疑是你最好的伴兒了。

男同學的愛。

我小學時念的是男女校，直到今天，我還記得幾個男同學的名字，他們都是我最好的玩伴，時不時跟我拳來腳往。上了中學，考進一所女校，再沒有男同學。直到後來念傳理系，我終於又有男同學做伴了。

在傳理系裡，男生是稀有動物，有兩個跟我特別投契。他們其中一個曾經送我聖誕卡，做功課會幫我多做一份。另外一個，是我們所有女孩子都愛欺負的對象。他人太好了，我們看見他，都會把自己的書包塞給他，要他替我們當苦力。

畢業之後，那個當年負責替女生拎書包的男同學，揹起自己的背包去歐洲流浪，一去多年。直到三年前，我寫小說，要做些資料搜集，聽說他回來了，於是去找他。

他已經禿了頭髮，比以前胖了一圈，還養了個小肚子。看到我時，他驚訝地說：「為什麼你沒變？」他也沒變，還是我記憶中那個對人生無欲無求，又有點傻氣的男同學。那天晚上，我們在茶餐廳吃飯，他告訴我，他結婚了，妻子在國內，剛剛為他生了一個兒子。他喜孜孜地給我看兒子的照片，我一時心直口快，說：「啊……你兒子不像你。」他一點都不生氣，笑呵呵地說：「不是也有一點像嗎？」

三年了，答應過會找他，卻又把他忘了。至於那位送我聖誕卡的男同學，也多年沒見了。然而，在我心中，不管他們變成怎樣，胖了或者老了，終究還是當年那個青春煥發的男同學。他們讓我體會到男女之間，除了愛情和友情，還有一種純真的同窗之愛。這種愛，不會被歲月消磨掉。

什麼是青春。

一個十六歲的男孩子問我，什麼是青春？

這個問題多傻啊！他現在擁有的不就是青春嗎？

青春是膽子既大，膽子也小。

你會大著膽子談一段沒有結果的愛情，愛一個所有人都認為你不該愛的人。

你卻又沒有膽量向你喜歡的人表白，只敢躲在遠處卑微地暗戀他。

你會大著膽子開快車，日後回首當時，才慶幸自己沒有死掉。

你卻又沒有膽量攔住你暗戀的那個女孩子，不讓她坐上另一個男人的跑車。你只能寒傖地杵在那兒，眼巴巴看著那輛名貴跑車載走了你的夢中情人。

你會大著膽子揹起書包，跟好朋友浪跡天涯，不知道什麼是危險。

你卻始終沒有膽量告訴身邊那個好朋友，你一直喜歡她。你壓根兒就不相信男人和女人可以成為知己。你是為了跟她成為戀人才接近她。這樣的你雖然很差勁，不過，她那麼迷人，你怎捨得只跟她做朋友？

青春是身影既高大，身影也渺小。

年紀比你老大的人都告訴你，你手上擁有一大把可以浪擲的青春，於是，你驕傲地認為三十歲已經很老，到了四十歲真的不該再活下去。你會殘忍地對一個想追求你的男人說：

「你差一點就老得可以當我爸爸了。」

然而，青春也是你的弱點。誰會想知道你的看法？

你擁有吹得彈破的皮膚和沒有贅肉的身體，卻沒有金錢和權力。這兩樣東西，通常也不會跟青春痘一起到來。

太老了。

一個男人向我搖頭嘆息：「唉，她還以為自己是萬人迷，向我施展渾身解數，要我入股她那家公司。她的確是萬人迷，不過，那是二十年前的事。」

「那你怎麼做？」我問他。

「敷衍一下她啊！你到了她那個年紀，可不要那麼沒有自知之明。」他笑說。

女人的悲哀，是到了應該把自己收起來的時候，依然要站到台前。即使是大美人，頂多也只有二十年風光。歲月不饒人，好好珍惜那二十年，不妨佔盡優勢，憑美貌拿好處，二十年過去之後，便要退下來，再不肯退下來，會成為笑柄。

我見過一個六十多歲的過氣美人向一個四十歲的男人撒嬌，當然沒成功。要是她選擇去迷惑一個比她年紀大的男人，倒還算聰明，可是，許多女人，到了一把年紀，還企圖去迷惑比她年輕的男人。

每個女人都會老，一個女人看到另一個女人被人取笑老，不免有「他朝君體也相同」的感慨，笑不出來。

一個十八歲的女孩子說：「三十歲太老了。」一個三十歲的女人說：「五十歲太老了。」女人到了什麼年紀才算太老啊？應該這樣說——每當她企圖去迷惑一個比她年輕很多的男人，她便太老了。

它的爛漫，或是它的凋零。

我從來不相信「心境青春人就青春」這一套。一個老人的內心再怎麼青春，終究還是個老人。一個年輕人的內心再怎麼早熟怎麼蒼老，他始終年輕。

說「心境青春人就青春」，只是用來騙自己。一個不再年輕的人可以打扮青春，甚至得天獨厚，外貌比真實年齡看上去年輕得多，但是，他的歲數畢竟並不年輕。一個少女，也許打扮老成，喜歡用大人的口吻說話。但她心底還是個少女，改變不了。

為什麼老是要證明自己青春或者拚命抓住青春的尾巴？青春沒那麼好啊。要是青春真的有那麼好，那時你為什麼總是容易憂鬱？為什麼你會比現在愚蠢？為什麼你總是有很多的不滿？總是覺得沒人懂你？總是覺得沒有自由？總是覺得別人看扁你？那時候，你喜歡的人，總是愛著另一個你不怎麼看得起的人。那時候，你總是死死地愛著一個現在看來毫不值得的人。

要是青春真的有那麼可愛，你那時候為什麼沒有聰明到好好珍惜它？

人就是這麼賴皮，要等到手上已經沒有青春了，肉體也不青春了，才說青春是一種心境。那些年輕的人才不會認同你。

我從來沒有覺得青春很好，也沒有覺得老了有什麼好。花開花謝，它的爛漫，或是它的凋零，只是一個過程。

誰笑到最後。

我起步比別人早，那一年，剛剛考完大學入學試，一天，無意中在報紙上看到電視台招聘編劇的廣告，於是大著膽子寫信去應徵，壓根兒就沒想過會得到面試的機會。同年六月，當其他同學還在放暑假，我已經在廣播道無線電視上班了。到了十月，我正式開始了三年半工半讀的生活。

說是「半工半讀」，其實我是全職學生，也是全職編劇，還兼職寫電台短劇，電影劇本和台灣電視劇。大學畢業前的一年，我已經拿著寫台灣電視劇賺回來的錢付房子的首期。

不過，假使可以從頭來過，我會寧願專心讀書，然後專心工作。那時候的我，忙於工作和賺錢，常常蹺課，三年的大專生活，幾乎沒留下任何美好的回憶。

比起上學，我更喜歡上班。在學校，我沒有幾個談得來的同學。在電視台裡，我倒有很多朋友。我很少在學校飯堂出現，嫌那裡的食物難吃，比同學會賺錢的我通常在廣播道的餐廳出沒。當年，那兒有一家很著名的粥麵店，一個寒冬的夜晚，我跟一位副導演朋友和劇組的人在店裡吃飯，跟我們一塊的還有一位女演員。漂亮大方的她當時已經很紅，但完全沒架子，看到年紀最小又害羞的我，她不斷給我夾菜，讓我留下難忘的印象。然而，幾年後，年輕的她卻因病逝世了。我們也只吃過那麼一頓飯。

我起步比別人早，但我不敢說我贏了，人生是一場長途賽，要看看誰笑到最後。我中學時有一個要好的同學，她因為爸爸過身而被迫輟學，中六還沒念完便要出來工作。一天晚上，我跟她在電話裡聊天，那時，我已經一邊讀書一邊在電視台上班。我記得，她說著說著突然嘩啦嘩啦地哭起來，喘著大氣跟我說：「為什麼你這麼幸運？你好幸運啊！」雖然我當時沒說過什麼，但是，看著她因為我的際遇而悲傷，我是又難過又尷尬。

然而，幾年後，她終於儲夠了錢，考上師範學院，念她一直喜歡的美術系。如今，她已經是一位中學教師，也擁有自己的家庭。

她起步比我晚，走的路也比我崎嶇，但她還是完成了自己的夢想。比起那位曾經細心為我夾菜的女演員，比起那些早逝的生命，我們是多麼的幸運，因為我們還可以選擇，我們也有機會後來居上。

意料之外的時候。

真實人生中，計畫往往趕不上變化。

譬如說，我從來就沒想過要寫小說。第一個找我寫小說的是當年《明報》的副刊主任，他也是找我寫專欄的人。當他要我寫連載小說的時候，我不只一次跟他說：

「我不會寫小說啊！你找別人吧！」

他並沒有放棄我，反而鼓勵我說：

「你試試看吧！」

寫小說的生涯就這樣開始了，原本並不在我人生的計畫之中。多年來，我一直想，要是當我說「你找別人吧！」的時候，他並沒有堅持要我寫，那麼，我今天所過的人生會否不一樣？還是命運早已注定我是禁不起他的遊說，而不管我說什麼，他也不會放棄我？

在命運面前，我們所有的計畫是否也會顯得渺小和可笑？

我認識一個女孩子，從二十歲開始，她的人生大計就是結婚，然後生孩子，做一個幸福的女人。然而，那個跟她青梅竹馬的未婚夫在婚前反悔。他愛上了別人。

她以為她的人生什麼也沒有了。但是，天空並沒有塌下來。今天，她還是單身，可她擁有了自己的事業。她自由自在，想做什麼都可以，她如今的生活比那個悔婚的男人好多了。她笑著說：

「要是我當時嫁給他，我現在不會變得那麼有錢，想要什麼都可以自己買。是他救了我，我不知多麼感激他！是他讓我知道我根本不一定要結婚和生孩子。那時候我多傻啊！」

我們的覺悟從何而來？就是當真實人生在我們意料之外的時候。

想做而還沒有做的事。

國內的一群中學生來訪問我，他們問我說：

「你有什麼特別想做的事，但是還沒有做？」

我很想去歐洲一個小島過一個悠長的假期，也許三十天，也許三個月，租一幢位於海邊的房子，在附近找一個很會做菜的廚娘，負責做飯。我每天只是吃和睡，什麼也不做，懶懶散散地過日子。過這種日子，還要有一個旅伴負責安排行程，負責看地圖，陪我到處去玩，陪我吃飯，陪我看日落，陪我瘋，和我一起無聊，也和我一起靜靜地看書。

那樣的時光多美好。但是為什麼還沒有做呢？我自己也沒法回答。也許是有很多工作放不下吧。

我記得很久很久以前，一個朋友告訴我，當他在遠方一個美麗的小島度假時，他跟自己說，回去之後，不會再那麼營營役役了，要過些悠閒日子。可是，當他回來之後，他又像從前一樣忙碌。

我們都知道，一些我們對自己的承諾，並不一定會做得到。我們也許不是那麼嚮往悠閒的生活，只是偶然想逃跑，想相信自己是可以

很瀟灑的。

這群中學生又問我：

「你心裡有秘密會告訴別人嗎？」

這也是我特別想做，但是還沒有做的事。

有些心事，就是無法說與人聽，寧願讓它埋在心裡漸漸變成酒，自己乾一杯。

心事的房子。

曾經在電台主持晚間節目，每個晚上都聽到不少心事，有些記得，有些忘記了。有一次倒是很難忘，那天的題目是「我愛你」，我請來的一位嘉賓微笑著說，年少的時候，有一個男孩子對她說「我愛你！」，她哭了，不是因為感動，而是因為傷感，她很難過自己只能有這麼一個糟糕的男孩子說「我愛你」。

我們當時都笑了。原來，不管愛情的火焰在心中燒得多麼旺，「我愛你」這樣的心事還是不能隨便說的。

我是個不習慣說心事的人。我的心事要不寫在文章裡，要不只跟最親愛和最信任的人說。我很幸運，有幾個願意聽我心事，聽我發牢騷和聽我說故事的人，也有肯讓我在電話那頭盡情大哭一場的朋友。我說心事的對象都是活生生的，不會是我的玩具熊或是我的枕頭。聽我心事的都會用言語或者臂彎安慰我，而不會是只能用身體跟我廝磨的一隻小狗。

可以說心事的對象，卻也會隨著年月改變。十七歲的時候，是這幾個。二十歲的時候，換了另外兩個人。二十四歲的時候，也許只剩下一個。一個人的心事總是愈來愈多，能夠傾訴心事的對象卻只會愈來愈少，直到一天，人把心事統統都藏在心裡，那是世上最安全的地方，禁得起友情的考驗，也熬得過愛情的多變。然後，我們突然了悟：「心事為什麼要告訴人呢？」

心事原來也可以沉澱。如許心事，漸漸會化為傻氣的淚水，化為酒後臉上的微紅，甚至化作一種深度。試問又有哪一個有點智慧的人是沒有心事的？心事是一個人那幢雖然殘破卻捨不得放棄的房子。

夜晚的一張臉。

我們白天認識的人，夜晚說不定有另外一個樣子。

那個白天看來很乖、很靜，有點害羞的女同事，到了晚上一起唱卡拉ＯＫ時，大家才發現她原來很能喝，一喝了酒，就會變得滔滔不絕，連作風也變得豪放，到處拉著人陪她跳貼面舞，甚至還一臉滄桑地抽起煙來。

那個白天看起來無憂無慮，很愛笑的女同事，到了晚上跟大家一起泡酒吧時，也許會顯得愁腸百結，坐在一角，一杯一杯酒灌下肚子裡，喝醉了，嘩啦嘩啦地哭起來。大家這時才知道，原來她失戀了。

那個平時很少對人說心事，好像沒什麼喜怒哀樂的女同事，到了夜晚，看著別人唱卡拉ＯＫ時，也許會靜靜地告訴你她的愛情故事，而且，內容還很震撼。

那個平時在公司裡不受歡迎，大家背地裡都說她很狡猾的女同事，晚上在酒吧喝了幾杯馬天尼或是血色瑪莉之後，也許會楚楚可憐地向你傾訴，告訴你，她其實不是大家以為的那樣，她也有她的委屈。

那個白天很少說話，看來很謙虛的男同事，一到夜晚，在酒吧喝了兩杯之後，也許會口出狂言，告訴你們，他看不起你們所有人，論聰明才智，你們沒有一個人比得上他。

那個白天一本正經，老老實實的男同事，入夜之後，三杯到肚，竟然現出一副色迷迷的樣子……

原來，生活在這個小小的都市裡，許多人也有兩張臉，白天那張臉是給別人看的，夜晚那張臉是給自己看的。一張臉笑，一張臉哭。

那一段天涯路。

出門旅行，我是不拍照的。

即使異國的風光多美，當時享受過就好了，何必要記下來？又何必忙著找個好位置，反而忘了欣賞那一刻的風景？

我有些朋友卻跟我相反。他們帶著數碼相機到處去，每遊一個地方，都拍下許多許多照片，然後回家再整理，製成一本電子相簿，自己欣賞，又電郵給朋友欣賞。

「這些照片，你幾年後還會拿出來再看嗎？」有一回，我問一個愛拍照的朋友。她答不上來。

「那拍來幹嘛？」我問。

「也許有一天會看的。」她回答。

我不看以前的照片。看以前的照片，只會看到自己老了。幹嘛要發現自己老了呢？有些事情，還是不要回首的好。

「去旅行不拍照，會忘記去過哪裡，也會忘記那個地方多美的呀！」我的朋友又說。

那又何必一定要記得？

那麼容易就會忘記，只證明了那趟旅行和那片風景並非很難忘。不管我去過哪個地方，要記住的，自然會記住，忘了的就是不重要。

風景是風，是水，當我看到一片風景，那片風景也吹拂過我的日子，流過我的生命，它愉悅了我，我也在它那兒留下了足跡。有沒有留下憑證，已經不重要了。重要的是，最美好的風景和最愛戀的旅伴，都陪我走過那一段天涯路。

最美好的風景和最愛戀的旅伴，
都陪我走過那一段天涯路。

床是歸鄉。

說出來有點大吉利市，我喜歡醫院那種可以調節角度和高度的電動床。睡在這種床上，坐起來看電視和吃東西都很方便。

不過，等我老了，大概會有很多機會睡這種床，現在大可先睡睡別的床。

小時候，我夢想有一張老夫子的床。《老夫子》漫畫裡，老夫子的床是藏在牆裡的，一拉出來就成了一張床，很好玩。我見過這種床，那是在一個同學的家裡，她姊姊的床就是這樣，平常不礙地方。

床是愈大愈好，人睡在上面，可以隨意地翻來覆去。一次，一個男人聽到我這麼說時，歪嘴偷笑。我知道他想些什麼，只覺得他心太邪了。兩個人才可以在床上翻來覆去，一個人就不可以嗎？

床是一個人在家裡最窩心的角落。心情好的時候，我們也許會暫時忘記它。然而，心情沮喪的時候，我們一回到家裡，會以九秒九的速度奔向那張床。

失戀或者苦苦思念一個人的時候，我們癱在床上，睡著又醒來，醒了又再睡，這會兒睡到左邊，過一會兒睡到床尾，不停的換姿態，換來換去，只想換一個不再想他的姿態。

傷心的時候，我們死翹翹地蜷縮在床上，抱著枕頭哭得死去活來，翻幾個身，哭乾了眼淚，淚眼模糊地睡著了，醒來又再哭。要是沒有床，怎可以哭得這麼舒服？

床是一個人的小世界。大世界在外面，枕席之間的小世界，才是每天的歸鄉。

人有幾張臉。

我們常常會聽到一句話：

「他對甲是一張臉，對乙又是另一張臉！」

這句話不免有點貶義。

但是，人有幾張臉不是自然不過的事嗎？

難道我們會把對父母擺的那張臭臉拿去對著熱戀的情人嗎？

我們又會不會拿著對情人那張風情萬種的臉去對一個剛相識的朋友？

對上司的臉也不會用來對下屬。

對老師的臉不會用來對同學。

對仇人的臉也不會用來對喜歡的人。

即使是面對朋友，也許還是會依據友情的深淺而換上不一樣的臉。有些朋友，你可以對他說出真心話，知道他會明白你是為了他好，也知道他不會因此生氣。但是有些朋友，你明知道他好強，你說話時會比較懂得遷就他。

人對上司和對下屬有兩張臉，因為一個是他付薪水給你，另一個是你付薪水給他，總得有個界線。

對情人和朋友也當然是兩張臉，否則，你的朋友們恐怕都會吃不消，說你太甜膩太溫柔，認不出你來。

問問你自己，你有幾張臉？

一個人不只一張臉，也許是兩張，三張，十三張……只要每一張都是真的，都可愛，不虛假，不造作，那就無所謂了。不虛假也許不是每個人都做得到，那麼，只好盡人事了。但是，至少要有一張臉，是你自己也覺得可愛的吧？

靈魂的微醺。

我愛洗澡，習慣每天早晚洗一次，夏天更會多洗幾次。可我是個急性子，每次洗澡都是匆匆忙忙的，速度很快，不像有些女孩子，一進了浴室，沒有一小時不會走出來。

為什麼總是那麼匆忙啊？假如身體是聖殿，我並沒有好好供奉這座聖殿。除了在外地旅行泡溫泉的時候，我從不會慢下來對待身體，心情好或不好，也會任性地吃東西，當發現自己胖了，會自欺欺人地避開鏡子不看，浴室的磅秤早就給我打進冷宮了。

近來不知道是良心發現還是身體太疲累了，我突然愛上了泡澡。裝滿一缸熱水，然後在水裡撒一把兩億五千年結晶的喜瑪拉雅山粉紅岩鹽。岩鹽可以舒緩疲勞和柔軟肌膚。據說，在新月的夜晚和月圓之夜用喜瑪拉雅山岩鹽泡澡，更可以排毒和提昇心靈，不但潔淨身體，也達到了洗滌靈魂的境界。

我習慣每天用不同香味的浴液洗澡，就像我不喜歡重複前一天的衣著。但是，泡澡的夜晚，我喜歡重複使用助眠的薰衣草。

身體到底是一座聖殿還是一具臭皮囊？要看是什麼時候什麼年紀

和什麼心情。

是聖殿也好，是臭皮囊也好，它終歸是在這世上伴隨你一輩子的。它也像它的主人，有自戀的時刻，也有脆弱，徬徨，甚至卑微的時刻。要是靜下來泡一個澡能夠讓我們一窺此身的奧秘，換來一份覺知，那麼，所花的時間終究還是賺了。當你在水中看到自己身體的倒影，突然了悟，身體是聖殿，也是臭皮囊，兩者可以在一個人身上並存。到了最後，你還是要跟它擁抱，沒法擺脫，也不需要擺脫。

這樣泡一個澡，我想像，是靈魂的回眸，也是靈魂的微醺。

國家圖書館出版品預行編目資料

謝謝你離開我：張小嫻散文精選 / 張小嫻作.--初版.--臺北市：皇冠. 2012.04 面；公分
（皇冠叢書；第4204種）(張小嫻愛情王國；1)

ISBN 978-957-33-2886-5（平裝）

855 101003878

皇冠叢書第4204種
張小嫻愛情王國 1

謝謝你離開我

張小嫻散文精選

作　　者—張小嫻
發 行 人—平雲
出版發行—皇冠文化出版有限公司
台北市敦化北路120巷50號
電話◎02-27168888
郵撥帳號◎15261516號
皇冠出版社(香港)有限公司
香港上環文咸東街50號寶恒商業中心
23樓2301-3室
電話◎2529-1778　傳真◎2527-0904
責任主編—盧春旭
美術設計—王瓊瑤
著作完成日期—2011年
初版一刷日期—2012年4月
初版十六刷日期—2014年2月
法律顧問—王惠光律師

讀者服務傳真專線◎02-27150507
電腦編號◎537001
ISBN◎978-957-33-2886-5
Printed in Taiwan
本書定價◎新台幣260元